岭南花木镜

彭焰 著

南方日报出版社
NANFANG DAILY PRESS
中国·广州

图书在版编目（CIP）数据

岭南花木镜 / 彭焰著. — 广州 ： 南方日报出版社,2016.8
ISBN 978-7-5491-1443-6

Ⅰ. ①岭… Ⅱ. ①彭… Ⅲ. ①散文集－中国－当代Ⅳ. ①I267

中国版本图书馆 CIP 数据核字(2016)第 180793 号

LINGNAN HUAMUJING
岭南花木镜

著　　者：彭焰
出版发行：南方日报出版社
地　　址：广州市广州大道中 289 号
经　　销：全国新华书店
印　　刷：广东信源彩色印务有限公司
开　　本：889mm×1194mm　1/32
印　　张：7.625
字　　数：140 千字
版　　次：2016 年 8 月第 1 版
印　　次：2017 年 6 月第 2 次印刷
定　　价：28.00 元

投稿热线：（020）87373998-0503　读者热线：（020）87373998-0502

网址：http://www.nanfangdaily.com.cn/press　http://www.southcn.com/ebook

序

花木精魂

“知之者不如好之者，好之者不如乐之者。”掩上彭焰这本谈岭南花木的书稿，不禁悠然想起孔老夫子说过的话。彭焰对有关花木的知识了解颇广，偶然见到路上惹人喜欢，却又不知道名字的花木，我便会随手拍个照片，发微信去问她。很快就会收到答复，有时还会添加她新近拍摄到的风物，给你意外惊喜。大概生性疏懒的缘故，虽然也读过“多识鸟兽草木之名”的教诲，却从未注意考究书本里提及的草木，彭焰提供了方便，让我稍稍多了解一点。

记得罗曼·罗兰小说里有个极生动的比喻，说一个乡下孩子来到城市，发现这里的树就像结冰河里的鱼，只能靠挖个小洞来呼吸。城里长大的人很难做出这等妙喻，城市使人与大自然之间产生隔阂。彭焰的外公外婆住在乡下，使她从小得以亲近大自然，在她的心里，大自然也如她外公外婆一样，留下永久的温情的记忆。我想，她对花木喜欢到痴迷，也许就是植根于此？

彭焰是湖南汨罗人，生于斯长于斯，直到上大学才过岭南来，书里大量谈的都是岭南花木，故名曰“岭南花木镜”。自上世纪后期，岭南兴起新一波移民潮，和以往那些由于中原动荡，不得已逃难过来的移民潮不同，这回是各地追逐梦想的人汇聚而来。无法知道历史上的移民最初对岭南的印象，但这一次我自己亲见亲闻，是从外地到岭南来的人，很快就爱上了这方热土。且不说岭南在三四十年间的沧桑巨变，新移民所付出的青春、热血和生命，只从文化一角看，近三十年研究岭南的著作，多的是新移民的努力成果。彭焰这本书也是一个证明。

岭南气候和暖，花木因天时地利尤其丰茂，品种也多，广州被冠“花城”之名，真非浪得。彭焰定居于此也有十数年，怪不得对岭南花木能够如数家珍。我看她写广州西关的姜花，把极寻常的、广州人日用而不觉的风俗，描摹得活色生香，我自小生活在那里，此时就如看一段怀旧MV，儿时的记忆猛地袭上心坎，不禁抚卷叹息。一个湖湘女子，竟然把广州的市井，那种气息写活了，不仅写活了，还将它升华，成为一件有如奢侈品般的镜像。还有广州人习称“大红花”的佛桑，小时候沙面就有许多，貌不惊人，孩子嘴馋，只知道把花骨朵拔下来，可以倒着吮吸那花蜜，哪会想到这花竟有丰富的历史文化内涵呢！彭焰喜欢追根究底，不仅沉浸于观赏，又留意古籍、诗词的记载，所以一篇《烧空红佛桑》，写起来如漫游古今，令人目不暇接。

彭焰喜欢诗词，除了自己题咏，更把那古典的诗意化在她的白话文笔之中。我年轻时也专门下过功夫写散文，也读过不少，像彭焰这样的笔墨并不多见。它既不是杨朔那种在文字上下足心思，也不是刘白羽擅长以气象取胜，倒与朱自清透着古典趣味的美文风略近。只是彭焰自有其湘中女子经过书卷化的敏感、热情和柔婉，有她们这一代人未经过伤痕啃啮的善良、宁静的心境，她的文笔之美可以很自然地打动你。我曾想，一个女子如果完全摆脱家庭细务的束缚，她的气质会大不一样。彭焰给人的就是这种感觉，有时你会觉得她完全融进了花木世界，同时也把大自然的气韵传递给你，你觉得她就是花木的精魂，在向你诉说，又像花木间的蝴蝶，自由自在，翩翩飞舞。

权且以一首彭焰的词作为我这篇序的结束，可不是取巧哦。

减兰·月下梅花

莹珠才吐，澹荡香欺衣袂素。十万星辰，沁入青冥比梦真。

清辉映彻，一笛吹残眉样月。拂晓溪湄，心逐双禽带雪飞。

刘斯翰丙申春杪于中山童轩

花意 001

花意 一

四十篇珠玉纷呈的花木故事，自梅花始，至梅花终。水仙冰清不语，桃花妩媚清华。玉兰似遗世独立的君子，宫粉紫荆是天地间缠绵端肃的初心。凤凰亮烈明丽的色彩仿佛神的光辉，素馨穿作花灯曾是『天下至艳』。细叶榕的深沉含蓄岁月不惊与广州城的气质恰相契合，姜花是西关老屋里静静流动的幽香。诗意的叙述，悠远的回忆，精准的考证，细腻的情怀，带你走进花意花魂，亦走进岭南的风物人情。

墙角数枝梅

小时候梅花算是稀罕的物事。乡人喜在庭前院后种桃李，梅树却少见。记得很清晰的，是老外婆家的一树白梅。老外婆在家乡话里指曾祖母一辈的人物，这一位是外公的二伯母。冬日的午后，外婆有时去她家小坐，我便立在树下仰起头看花。天阴阴的，似乎将要落雪，梅树上结满花苞，有不少已经开了，香气扑鼻。黑色虬枝上密密的白花让我想起夏夜里漫天的繁星，眨一眨眼，它们仿佛就要向人蜂拥而来。

相较于其余三季，冬天实在是萧瑟而寂静的。然而落雪天就完全不一样了。我们绑好围巾戴上手套换过雨鞋，兴奋地跑出家门。在土丘上抓起一把雪，抟成球，远远扔向沉睡的田野。到水塘里敲下一块冰，拔一根稻草管子用力吹出一个圆圆的小孔，再用草绳拎起来一边走一边“当当”敲着。最喜欢的，是找一块空旷的雪地，几个人排成行“一二三”一齐扑到地上，起来后雪地上就有了姿态各异的一列人形。玩得久了，热气渐渐在身上腾起来，一眼望出去，远山近舍全部白了头，竹子被雪压弯了腰，电线上也簌簌坠下雪来。老外婆家的梅花映着雪色，像画一样好看。花蕊上透出淡淡的绿意，莹洁晶亮。我央请叔外公（就是老外婆的儿子，其实当时他还很年轻）折两枝梅花给我，冷风里抱梅回家，幽甜的香气游丝般钻到鼻孔里来。外婆跟我一样喜欢花花草草，看到梅花很是欢喜，找一个白色描着一小枝青色菊花的陶瓷花樽插上，摆到堂屋的大红圆桌上。过一阵子外公就从学堂回来了。那时他是校长，一直将学校称作“学堂”。外公抖落风雪，坐下喝一缸热茶，点一支烟，很悠远地出一会儿神。外婆在厨房里做萝卜炖肉，屋子里渐渐弥漫着丰腴暖和的香味。萝卜炖肉是冬天的味道。

冬日里，常有要嫁女儿的人家送了红纸来，烦请外公写喜联，并请外婆剪红双喜字和窗花。这是于沉静日子里激起涟漪的乐事。我喜滋滋地坐在火炉旁给外婆做帮手。将裁成方形的红纸对折，再将对折后的两边分别反向对折，在纸上描出半边艺术体“喜”字的笔画，照着笔画剪出字样，将纸展开，便是一个方方正正的红双喜字。剪窗花更能使我发生兴味。将正方形纸反复对折，然后将折后变得高低不平的那一边剪齐平，再剪成锯齿状。而后用铅笔在纸上描出各种花样，这种描画可以尽情发挥创意和想象，因此总让我兴致盎然。按照描出的线条剪去多余部分，最后将纸展开，便是一张嵌有各种镂空图案的窗花了。我渐渐剪得娴熟，便很应景地在窗花上挖出一朵一朵五瓣梅花。外婆看了，说这叫五福梅花，是吉祥的花样。为什么说我剪的是梅花而不是桃花李花呢？因为梅花瓣比桃花李花都要圆，我剪出的花瓣就是格外圆润饱满的。

喝喜酒那天，去得早的人都先涌进去看新房。我看见每扇门上都贴了红双喜字，果然是喜气洋洋的样子。新房的窗子上一对一对贴着我剪的窗花，有镂空的云朵、星星和梅花图案。那可以算是我的创作平生第一次得到发表吧，我的心“怦怦怦”跳起来，有点得意，又有些不好意思。这家人在院子里种了一棵梅树，比老外婆家那棵更要大，此刻开满了花，地下且铺了一层落蕊。白色繁花衬着红红的“囍”字与窗花，既热闹又宁静。过一会儿新娘出来了，穿正红的绣花袄，抿着嘴微微地笑。因着这一棵极大的白梅树，我便隐隐觉得她到了一户很好的人家生活。

后来我离开老家，极少在冬季回去了。直到大学一年级的寒假，回乡陪外公外婆过年。腊月廿八的下午，天阴欲雪，一个人穿过田埂，走到老外婆家的屋前。那棵梅树竟然还在，花开得却远不如记忆中繁盛。老外婆已过世多年，叔外公多年前也做了鳏夫，他是乡人口中的浪子，此刻不知又游荡去了何处，他女儿早已离家工作，大约也很少回来，这间屋子很久无人居住了。梅树映着失修的斑驳墙壁，有一种岁月荒荒的感觉。我犹豫着要不要折一枝花，忽然想到不知在哪里见过的一句“山家除夕无他事，插了梅花便过年”，终于走上前踮起脚费力地折了一枝花蕾多的。回到家找花瓶，还是那只白色描菊花的瓷瓶。外婆家有许多这样的旧物，让人觉得亲切又惘然。插好梅花，外婆正倒了一盅药酒，招呼我过去喝一口。她有一个极大的玻璃樽，里面用党参、枸杞、黄芪、当归泡着酒，每天都喝一小盅。因为浸了药材，酒是甘甜的。我想起小时候的冬天外婆打发我洗澡，总会让我先喝一口红糖烧酒，半勺红糖加进酒里，煮化，抿一口又甜又辣，据说能挡寒气。洗完澡抹干身，立刻穿上早在火架子上烘得热乎乎的衣服，全身都暖融融的。许多年过去了，一直记得红糖烧酒的味道。晚上终于飘起了雪，与外公外婆围炉闲坐，闻得到瓶中梅花幽冷的花气。我将火钳架在煤炉上，在火钳上烤年糕。很快有糯糯的焦香弥散开来，年糕的两面渐渐都变作焦黄色，握在手里要呼呼吹气，咬一口烫着嘴。听着外面的风雪声，知道这样的时光很珍贵且难得，幸福得几乎有点凄清。

正月初二，叔叔请我们过去吃饭。我与外婆踏雪而行，一前一后走得极快。路面结了薄冰，走得愈慢反而愈容易滑倒。那时候外婆还多么硬朗啊。我们一路说笑着，空气清冽如水晶。偶尔抬起头，望到不远处一户人家的墙角伸出一枝白梅来，映着背后的翠竹，清丽无可比拟。到了叔叔家，他先招呼我们喝一点米酒辟寒。几杯酒下去，我的神思恍惚起来，开始疑惑刚才看到的究竟是梅花，抑或是一枝尚未融尽的残雪？吃罢饭回去时走了另外一条路，雪光莹亮，冷风拂面，我忽地确信上午所见的确是梅花了，若走近去，大约还可以看到细密的花蕊泛出微微的碧色，玉般玲珑。

后来在广州，每年必要往萝岗香雪看梅花。园中所植大部分是青梅，花开时清明胜雪，阔大如梦。但这样大片的密植，我却遗憾太过平直而缺少风神。看花人多，梅林因此显得过于喧嚣，林子边竟还有许多摊档在卖烧烤，尤为我所深恨。我心目中的梅花，总要在苍青的天幕下，于雪色掩映的墙角遥遥逸出数枝，仿佛天外飘来的仙音袅袅，余韵悠长。后来读到屈大均《广东新语》中所录：“自大庾以往，溪谷村墟之间，在在有梅。”生在溪谷村墟间的一株或数株梅树，衬着远村烟树微茫，花开时明净清婉，皑皑胜雪，浸润着山野间的安宁清气，这才是杳远记忆里风神落落的梅花吧。

凌波不过横塘路

元旦未至，便收到两箱子福建漳州水仙头。往年一向用一个淡紫色圆形陶瓷花盆养水仙，花盆上无字也无画，干干净净正好配水仙花。今年水仙头多，便又寻出一个苍绿缠枝花纹细瓷碗来。从前还看过别人用粗拙的陶碗种水仙，别有意趣，像嶙峋石上倚着美人。

水仙好养。临过年二十八天左右，将水仙头剥去最外一层褐色老茎片，浸在清水盆里，置于日光底下。一两天后，根苞中抽出白色嫩芽。而后，叶片渐渐生出、长高，待得花箭发出，便可移入花盆搬进室内了。早起忽地闻到甜雅的暗香，便知是花开了。先是一两朵皎洁的六瓣花，明净地开着，渐渐地越开越多，络绎不绝，把新旧更替的日子熏得雅澹馨芳。

新春花市上也有整盆开花的水仙出售，但我觉得自己种才有味道，因此从不自花市购买水仙。最可恨的是花市上常见一种蟹爪水仙，以人力使花叶扭曲生长，姿态如蟹，故名。要种出蟹爪水仙，必先雕刻水仙头，再将刻好的花头以竹签串在一起，使叶芽和花梗向刻伤的方向弯曲变态生长，从而强扭成各种人为造型。年年逛花市，最害怕看见被塑成龙形凤状的水仙。

在我心里，未经人力雕琢与扭曲、自在长成的水仙方是上品。只需清水与日光，水仙便可以长得很好，叶片亭亭，花朵累累，自有天然意态。有一年春节，好友阿金将他家水仙的照片传过来给我看，那一盆水仙，花葶和叶都生得极细长，似乎轻轻一碰便会摇摇欲坠，却仍累累坠坠开满了花。我不禁失笑：难为她，又细又高的，竟能撑得起这么多花。阿金说，是呀，她不顾一切地开放。听到这话，觉得胸口仿佛被重击了一下。花的好，在于美，也在于不顾一切的力量。花心温润，却又极其强悍。如同“池塘生春草”，自然素朴得不值一提，勃勃生气却亘古延绵不坠。

水仙清明，是以我总用深绿淡紫甚至是白瓷的花盆来配，是“裙拖六幅湘江水”的洁净晶莹。甚至花盆无须大，花枝无须繁多，一两丛孤秀直立，清水里搁细洁的小圆石子或是黑白围棋子，正好。也有人偏喜欢用深红的花盆，来衬托新春曙色初动的欢喜，甚至因为忌讳素净而在水仙花萼上套上红纸圈。在老广州人家的厅堂见过妆了红的水仙，竟然不觉俗艳。因为有新年的喜气作底，人间祈祷吉祥的心愿尽管天真稚气，却自是枝繁叶茂活泼泼。

大年夜对着水仙，会觉得辰光特别静，头脑中冒出一句不知从哪里看来的句子，“月静天涯近”。那种静谧，因为从迎新岁的华丽与热闹中得来，因此格外笃定从容，并且让人开始踏踏实实想念春天。水仙的香气繁华，说冷偏暖，说雅却浓，正是冬去春来时节的欲说还休。有一位朋友是北地人，向来思慕水仙，却从未亲身见过亲近过。年年将家中水仙的照片发给她看，她问：水仙的香味是近于莲花吗？我答不是。又问：那是否近于梅花呢？我又答不是，却不知该怎样向她描述水仙独有的甜静幽香，心里只是着急。“折梅逢驿使，寄与陇头人。江南无所有，聊赠一枝春。”可赠春容易赠香难，我如何才能将水仙的清香收敛起来，寄予遥远北国的惜花人呢？

龚定庵十三岁作《水仙花赋》，赋中有“端然如有恨，翩若自超尘”之句，我极喜“端然”二字。历来抒写水仙的诗句颇多，而令我一读之下便仿佛嗅到花香的，却是一阕与水仙并无关系的词，贺铸的《青玉案》：“凌波不过横塘路，但目送、芳尘去。锦瑟华年谁与度？月桥花院，琐窗朱户，只有春知处。飞云冉冉蘅皋暮，彩笔新题断肠句。若问闲情都几许？一川烟草，满城风絮，梅子黄时雨。”贺方回退居姑苏横塘时，遇见一位翩若惊鸿的女郎，心中好生倾慕，目送芳尘痴立斜阳，惆怅中作成此词。据说贺铸生得“长身耸目，面色铁青”，人称贺鬼头，词却写得漂亮，真正是“彩笔新题”的风流蕴藉。“凌波不过横塘路”，那是水仙花一样的身姿和风神呀。此词的结句亦精妙，贺铸因此得名“贺梅子”。“若问闲情都几许？一川烟草，满城风絮，梅子黄时雨。”真是恍兮惚兮，闲愁万种，“每到春来，惆怅还依旧”。想到此处，又不觉得水仙真的翩然绝尘了。素花冰清不语，却自有万般情意，恰如纳兰公子所言：一片幽情冷处浓。

桃之夭夭

桃花最让人想到人世的静好与欢悦。粤人新春喜插桃花，因粤语“红桃”谐音“宏图”，桃花盛开便是“大展宏图”。正如春节时摆放年桔，只因粤语“桔”与“吉”谐音，能讨个大吉大利的口彩。我却更愿意世人爱桃花是为着小桃枝上有世间的妩媚与清华。

春节前后是广州最清静的日子。新移民大都回老家过年去了，异乡客更是早早归了故乡。那几日路上人少车也少，人们去花市买年花，亦比往时放慢了脚步。平日车水马龙的广州城，只那几日是在用心从容地，细细地过光阴。一回我走在一条偏僻的小道上，四周寂静无声，正独自悠然出神，拐角处忽地走出一位两鬓斑斑的阿伯，肩上扛一大枝桃花，手里又提一小篮黄金果，乐陶陶慢悠悠地走过来。那日天阴，轻寒恻恻，更显得天地间寥廓沉静，正是广州年下常见的天气，而桃枝在眼前轻轻晃动，那一瞬间，真教人不知人间何世。

新春时节，水仙当然也要养，可水仙原不是花，是凌波仙子，虽误入尘世，时时还要化作惊鸿翩然径去的。所以家里还须有一枝桃花。将最大的陶瓶注满清水，插上花枝，搬到露台上，再剪去绑缚的绳子，然后，一天一天地，看那原本干秃秃的枝丫上，络绎不绝炸开一粒粒红色的花蕾，嫩蕊细细，春意盈盈。

桃花一开，所有飘浮的光阴便似乎都落了地。依稀的旧梦落了地，来日的憧憬落了地，所有的欢欣与忧苦，已失落与未得到的，统统都沉静下来落了地，且都是如真如实，可以掬它在手心里。而新年的喜气，正在于无论欢欣抑或忧苦上，都要开出花来。桃之夭夭，灼灼其华，那桃花开处啊，真正岁月清好，宜室宜家。

桃花要开得好，大半还得倚靠好天气。有一年，年前天气反常地热，桃花都提前吐苞了。等到花市开张那几日，一枝一枝都已开得意兴阑珊。几个桃花档口前，满地落红看得人触目惊心。这样的桃花是不会有人买的，卖花人落寞地伫立在一旁，我忽然想起刘大白那一句“春光贱卖凭人要”，一时惆怅极了。

今年年前，冷空气频频南下，天气阴冷，花便也开得迟。家里买了一大枝桃花，枝上倒密密地尽是苞，但三两日过去也不见动静。后来终于绽开来，却全是新叶。插瓶的桃枝，通常都是先开花后长叶的，我们都觉得诧异，又忐忑起来：莫非这一棵只有叶而无花？但见新叶鲜嫩嫩，碧盈盈，别有深趣，便想，若真无花，今年便赏桃叶吧。

又过两日，剩下的小苞又绽开几朵，爆出几点新红。而后次第绽开，枝上星星点点都是红。一家人都笑起来：原来不止有花，还繁盛得很呢！花苞渐渐打开，桃红满目，配着碧绿的叶，不正是一幅青春做伴的天然好画嘛。

我喜欢夜里看桃花。搬一把椅子坐在露台，静静对着密密花枝。东坡说，只恐夜深花睡去，故烧高烛照红妆。这两句真是惊心动魄的艳。试想朦胧烛光照着妖娆海棠，似花非花，似梦非梦，是何光景。灯下的桃花亦比白日更艳，清香细细，花影重重，点点花蕾如含情不语、美好到不似真实的梦，纷纷落到心上来。那种艳真要侵入人骨子里去。可光是静的，枝是静的，花亦是半睡半醒的，所以纵使艳也是沉静的清艳，不沾半分俗意。

过了年，枝上花陆陆续续开始凋零。每一日，地上都落满碎瓣。那细碎的红，像小时候过年放完鞭炮后留下的红屑。所以桃花是多情的花，即便落了，仍旧要为人间增添喜气。想起纳兰说的“桃花羞作无情死”，果真如是！

桃花开到零落，年便也过完了。可也不必伤感。家中的桃花凋谢了，白云山上的桃花犹自刚刚坼苞呢。过完年休整几天，便好上桃花涧看花了。我上山看过几回花，真是热闹光景。占地四万多平方米的涧内，上万株白碧桃、绯桃、蟠桃花开热闹，花下的人群热闹，花间嗡嗡的蜜蜂亦热闹。人虽多，但并不觉喧嚣，仿佛桃花天生就该这样让人熙熙攘攘来看的。山上的桃花与家里的桃花自是不同。家中是如珠如宝的一株，山上却是错锦迷霞的紫陌红尘；家中是人花相对人花俱静，山上却是闹采采的锦绣乾坤。但那一株与这一山，却皆是眷眷红尘的欢喜。仿佛世间纵有万般苦痛千般煎熬，落到桃花枝上，便都化作红情绿意，婉媚清嘉。

粤人新年插桃花有个讲究，据说若插过一回桃花，以后年年都要插，否则便不吉利。我们虽不迷信这个说法，年年花市买桃花，也是当岁末的大事来办的。公公在生时，每年桃花都由他去挑。桃花开了，他前前后后欣赏着，笑着说："好看，真好看！"不止桃花，各种金橘、杜鹃、大丽花，他也一盆一盆自花市拎回来。有时买得太多，惹得婆婆抱怨，他听到，并不作声。过一会悄悄溜出门去继续买。

后来回想起来，公公其实是极爱花的。时常见他搬一把小凳子坐在阳台，打开那个常被我们取笑的旧旧的收音机，在咿咿呀呀的粤曲声里松土、施肥，细细侍弄那几盆花草。有一回看他拿起喷壶，我随口说："又浇花吗？"他瞥我一眼，慢悠悠说："你不也在喝水吗？难道花是不渴的？"

公公待人亦如待花。他在大学教授的是经济学，一回将一个厚厚的文件夹递给我，打开看，却是一沓与他专业毫无干涉的文章。当时我刚换到一个新岗位，他担心我一时不能适应，便用心帮我搜罗了这一大堆资料。又有一回，我遇上不顺意的事，忍不住打电话跟他叙说，他跟我聊了许久，又说："你们有烦恼只管跟我说；我在生一日，便与你们开解一日。"他说话声如洪钟，我总要将话筒稍稍移远些。这几句话，却果真一语成谶。

公公是在一个临近过年的冬日驾鹤西去的。为他办完后事，才惊觉年已到眼前。那时我们刚刚搬了新房，本来说好要接公公婆婆来新房过年的。几个人静静收拾着屋子，婆婆忽然落下泪来，说："他到底还是疼惜你们，连走的日子也不与你们为难，让你们从从容容办完事，安安心心过年——"我却依旧不觉他真的已经离去。那几日恍惚总听到门外钥匙轻响，仿佛大门随时会“咔哒”一声打开，而公公立在门边，笑嘻嘻搬进一棵桃花来。若他还在，大约会将花花草草摆满一屋吧。

那年正月初十，一大早回去上班，路过楼下花园，才发觉芒果花已绽放点点碎金，甜香扑鼻，空气里流动着岭南早春独有的温湿气息。忽然想，公公是再看不到这个春天了。可是陶潜说：“死去何足道？托体同山阿。”他的魂魄该是已融入山川草木，与春天一体。

正想着，路旁一户人家打开大门，有人将一株已开过的桃花搬出门来。

年快要过完了，白云山上的桃花要开了。春天真的来了。

朝饮木兰之坠露

玉兰跟桃花一样，是岭南最早的春讯。去岁农历二月初三上白云山桃花涧，自一道小门拐入，首先出场的是一树一树淡紫的二乔木兰，再走几步，象牙白的玉兰在红桃掩映下登场，皎若尚未融尽的春雪。花立枝顶，一盏一盏清透明洁，好比仙人捧玉盘，是要接住春雨如酒清露如愁吗？涧中水雾空蒙，袅袅浮动的春气足可令十六岁的杜丽娘欣喜惆怅叹息。

玉兰有格，是遗世独立的君子风，庙堂与江湖两不入。开花的树都像美人，唯玉兰让我想到君子。瞻彼淇奥，绿竹猗猗。有匪君子，如切如磋，如琢如磨。既见君子，云胡不夷？既见君子，云胡不瘳？既见君子，云胡不喜？反反复复吟唱，只为要告诉人她有多欢喜。这种大欢喜，唯有对美好向往得如飞蛾扑火的人才能领悟。玉兰让我想起缠绵眷恋心向往之的落落青衿。我自己跳脱激荡，便欢喜蕴藉贵柔沉实慈悲的异性。人是如此渴望找回另一半灵魂复归自身圆满。玉兰真是我爱的君子如玉。

在桃花涧一棵玉兰树下，听到有人向同伴指点：“这一棵是白玉兰，那一边是紫玉兰。”我立即更正：“那边的是二乔木兰。”那人转过头，诧异地望向我。每年早春，总有许多人将二乔木兰误认作紫玉兰。我在这事上从不含糊，听一回纠错一回，认真得如同别人叫错了爱人名字。玉兰是落叶乔木，紫玉兰是落叶灌木，二乔木兰是玉兰与紫玉兰的杂交品种，落叶小乔木。玉兰和二乔木兰都在早春开花，紫玉兰的花期要迟一个多月。华南植物园木兰园里有两棵紫玉兰，比玉兰和二乔木兰要低矮许多，不过从未遇上它们开花。

玉兰、二乔木兰和紫玉兰都是木兰科木兰属植物。木兰科植物是现存最古老植物类群之一，原初时代的洁净风神。屈子《离骚》反复提及“木兰”：“朝饮木兰之坠露兮，夕餐秋菊之落英。”“朝搴阰之木兰兮，夕揽洲之宿莽。”南朝梁任昉《述异记》载：“木兰洲在浔阳江中，多木兰树。昔吴王阖闾植木兰于此，用构宫殿。”“七里洲中，有鲁班刻木兰为舟，舟至今在洲中。诗家云木兰舟，出于此。”北宋宋敏求编撰的《长安志》中也记录：“阿房宫以木兰为梁，以磁石为门。”这些典籍中的所谓“木兰”，究竟是玉兰，抑或是木兰科其他植物，历来众说纷纭争论不休。植物学家考证，古代“木兰”泛指木兰科多种植物，而与古籍中提及的“木兰”特性最为相近的，当属玉兰和木莲。因此可以认为，古之木兰便是今之玉兰和木莲。木莲是木兰科木莲属的常绿乔木，花期比玉兰要晚两到三个月，我在刘玉壶主编的《中国木兰》一书中见过木莲的照片，花瓣比玉兰略为狭长，与白莲肖似。

从前看过一个故事：唐人张抟任苏州刺史，于堂前大植木兰。花开时当地名士聚会花前，赏花赋诗。陆龟蒙迟到，张搏罚他连浮数大白。陆醺醺然提笔写下“洞庭湖浪渺无津，日日征帆送远人”两句，便颓然醉倒。其他客人欲续之，但不明陆意。陆龟蒙稍醒后提笔续曰：“几度木兰舟上望，不知原是此花身。”最后一句陡起波澜收束点题，一时传为绝唱。此诗一说为李商隐所作，唯首句稍有出入，是“洞庭波冷晓侵云”。宋代姚宽《西溪丛语》中记载了唐末流传的一段异谈：唐末馆阁诸公泛舟湖上，以“木兰”为题赋诗，忽有贫士登舟作此诗，满座皆惊。贫士作完诗便隐身而去，后来大家才知道，贫士是李商隐之魂魄，彼时李已辞世多年了。两则笔记小说自然更喜欢后一则，寒瘦的诗魂在水上飘飘荡荡，芥子般微渺，却又弥满天地，这种氛围太李商隐了。青铜古剑般的鬼才李贺也能毫无违和感地融进这样的传奇，其他人都不能。

头个故事里张搏在堂前所植木兰，应该即是玉兰。玉兰自唐以来久经栽培，是名贵的庭院花木，多对植堂前，或栽于庭院，又名“玉堂春”。玉堂春三个字也美，有端然贵气，如君子在堂，朝夕相伴。现代人的生活起居空间日渐逼仄，庭中植玉树的幽深静美多半只能凭借想象去揣摩了。周瘦鹃《但有一枝堪比玉》一文中引用明代人丁雄飞邀赏玉兰的书简，信写得很清丽：

玉兰雪为胚胎，香为脂髓，当是玉卮飞琼辈偶离上界，为青帝点缀春光耳。皓月在怀，和风在袖，夜悄无人时，发宝瑟声。侄淪茗柳下，候我叔父，凭阑听之。

信中所说玉兰，想必是自家庭园所植。丁雄飞将玉兰比作下凡仙子，我向往的，是末几句的晶莹朗彻之景，不正是“明月如霜，好风如水，清景无限”嘛。“玉兰”名称之立，似乎便自明代始。沈周、文徵明、张茂都作诗咏过玉兰，张茂更有咏玉兰的嵌字名句：“但有一株堪比玉，何须九畹始征兰。”明代王象晋《群芳谱》曰：“玉兰花九瓣，色白微碧，香味似兰，故名。”至此，玉兰有了专名，不再被含混地呼为“木兰”而与其他木兰科植物混为一谈了。

玉兰花瓣肥腴多汁，可供烹食。《花镜》说“其瓣择洗清洁，拖面麻油煎食极佳，或蜜浸亦可”。“拖面麻油煎食”六字太油腻，完全毁坏了饮露餐花的清绝感。周瘦鹃说吃玉兰要在花开五六分时便摘下花瓣，然而玉兰的花期本就很短很短，前后不过十数日，若在花开五六分时便摘下以饱口福，实在有焚琴煮鹤之嫌。我每年看玉兰，见到树下落瓣无数，便拣一些完好无损的花瓣回去，漂洗净了用来盛饮茶时的茶点，招待戏友。青花瓷碟上摆满花瓣，每瓣上放一件两件糕点蜜饯，桂花糕茯苓糕秘制乌梅金丝枣，玉兰瓣腴白，二乔木兰瓣一面白一面艳紫，闻得到淡淡的草木清气。忽然想起玉兰是我的君子，这似有若无的草木气岂非他的体香，哎呀。山川草木本是最原始清正的缱绻情爱。

有一年农历二月末，去华南植物园木兰园里看紫玉兰。紫玉兰又名辛夷、木笔，《中国木兰》谓其“枝叶扶疏，花芳香艳丽”。两株紫玉兰生在水边，枝叶茂密，却没有要开花的意思，枝上连一颗花蕾也未著。花开与不开，大约要看它自己欢不欢喜。园中的玉兰和二乔木兰已尽数凋零，十余日前的繁华恍如一梦，树上发出阔大新叶。其实只有叶子的木兰树也是好看的，枝干的姿态典雅秀丽。春林岑寂，鸟声细碎，我看着我清隽明净的君子，好比“相看两不厌，只有敬亭山”，又如“我见青山多妩媚，料青山见我应如是”。

今夜当有青衫磊落，入我绮梦三千重。

李花白

桃花红，李花白。李花向来与桃花并称，但李花皎洁明隽，风致更在桃花之上。最近一次看到李花是在从化。从化的春天很美，道边荔枝树一半苍绿，一半暗红，绚丽如油画。远处山间雾岚袅袅，湿翠空蒙。每次到从化，总是下意识在山水间寻找着故乡。李树长在路边一道土丘下，约有百余株，密密地开满了花，花间蜂蝶无数。李花跟桃花、梨花、梅花不同，不是一朵一朵绽放枝头，而是一团团、一簇簇开着，将枝条裹得密密实实。“玉树琼枝”一词，用来形容李树最合适不过。站在树下，如置身雪洞，偶尔碰到花枝，花瓣簌簌落下，像一场濯濯然的春雪。

翌日又路过李子林。因为早晨下过一场雨，枝上花大不如前一日繁密。我想着这片林子离我们住的酒店太远，要不然晚上肯定要过来看看花。白花在夜里更好看。韩愈在江陵府任法曹参军时，曾在二月底的夜晚前往江陵城西看李花。好友张署因病未能前往，韩愈看花归来便作《李花赠张十一署》诗。这首诗给我的印象很深，因为虽是咏花却不作纤丽之语，意境雄奇阔大。诗起笔曰：“江陵城西二月尾，花不见桃惟见李。”这两句乍看颇令人费解：为何只见李不见桃？到了南宋，杨万里于一个春夜隔江望到对岸的桃李，桃暗而李明，他忽地领略到韩诗的妙处，写下《读退之李花诗》：“近红暮看失胭脂，远白宵明雪色奇。花不见桃惟见李，一生不晓退之诗。”诗前还有一段小序：“桃李岁岁同时并开，而退之有‘花不见桃惟见李’之句，殊不可解。因晚登碧落堂，望隔江桃李，桃皆暗而李独明，乃悟其妙。盖‘炫昼缟夜’云。”“炫昼缟夜”出自王安石《寄蔡氏女子》诗：“积李兮缟夜，崇桃兮炫昼。”韩愈看李花是在二月尾，必是无月之夜，红桃皆隐没于黑暗中，难以分辨，而李花皎洁，即便在暗中也鲜明可见，因此“花不见桃惟见李”。由此足见古人体物之细致幽微。

李花“缟夜”的情状，我很小的时候是见过的。外婆家有两棵李树，一株长在屋子东侧的林子边，一株斜欹在西厢房前的土丘旁。土丘旁这棵更大，离屋子也更近。晴好的春夜，附近人家吃罢夜饭，将家中杂务收拾停当，便相互串门，吃茶闲聊，我们那里叫“坐夜人家”。有个晚上，月色莹洁，家里来了许多客人——这样的夜晚出门，连手电筒也无须捻亮的。大家坐在堂屋里吃茶说笑，我一个人仰着头在李树下来来回回地走动。月亮照在密密的白花上，散发出皎洁又柔和的亮光，简直惊心动魄。那时我脑中没有“花枝聚如雪”“花光月色两徘徊”这类的句子，只觉得此时此地安宁又热闹，像做梦一样新鲜美好，让人心里欢喜极了。一直到现在，我还记得月色在花枝上流泻时那种晶莹透亮的冰蓝色光泽。

白天的李花要温淡清敛许多。一树白花静立在院子西南角，像一幅新挂上的画。春日午后，一般人都是不歇午觉的。外婆在厨房炒黄豆，焦香四溢，我拎一柄小竹剑到院子里比划。春光真好啊。田间弥漫着初生的浅浅春草，燕子以不可思议的美妙身姿轻盈滑过薄寒的空气。风一起，李花瓣就碎碎地落了一地。周边人家没有跟我年龄相仿的女孩，我只能成天与几个表舅舅玩在一处。说是舅舅，其实比我大不了几岁，一个表舅舅教我练功夫：将几十块红砖摆放在地上，相邻两块间留一步之距，然后要分别在平铺、侧放、倒立的砖面上练习疾步行走。“等你在倒立的砖上也能行走如飞了，”他伸手指一指屋前不远处的水塘，“那你就能一步跨过这个塘。”至今我都不知道表舅舅传授给我的功夫源自何处，但当时的我对此自是深信不疑。那时候，江湖和侠客是我们多么向往的世界啊，武侠梦总是指向遥远的荒村，客栈，由远而近的瘦马和疾驰中扬起的披风，扇动着风的自由与飞动，无限神秘而新奇。不过不记得因为什么原因，我与表舅舅到底都没有在李花纷飞的院落修习这上乘的轻功。

李花谢了，隔一阵子树上累累结满了圆鼓鼓的青果子，渐渐变成淡红，而后又转为深红。李子变成深红色之后，外婆举一根长竹篙在枝上拍动着，果子“扑扑”滚落一地，我前前后后跑着捡李子。打下的李子除了自家吃，还要留一些送人。外婆找出一块很大的花布方巾，堆上几捧李子，再将方巾的对角分别扎紧，拎起来带着我去邻居家。我一捧一捧将李子认认真真摆到人家暗红的八仙桌上，才去看这一家院子里养的水红的凤仙花。回家时，外婆的手上往往提着一捆刚从园里摘下的青菜，或是一小篮鸡蛋，是别人家的回赠。大李树结的果实是什么味道的？我隐约还记得，甜美，多汁，浸透了初夏的清香。

后来，我只有在暑假才能回外婆家了，再也没有见过大李树举一树繁花的情景。夏天的李树最让我发生兴致的事，是树干上会不断分泌出淡黄的树脂。树脂凝结成团后，简直像透亮的蜜蜡一样好看。我时常剥下树脂来玩，细心地用小竹签将它们串成各种形状。盛夏的上午安静极了，外公站在堂屋的大桌子边写大字，墨香氤氲，南风从木格子窗外徐徐吹进厢房，窗帘起起伏伏，屋子里明明暗暗。屋外李树翠叶纷披，旁边的橘子树挂满了鸡蛋大的青橘子。这样的夏天，从小学一直到高中。

大学毕业之后，有一年回乡，两棵李树忽然都不见了。外婆说，树被虫蛀空了，只好请人砍掉了。大李树还剩下一小截黑色的枯干，孤零零地倚在土丘边。我心里泛起隐隐的难过。我从未想过树跟人一样，也会老，也会死。我还记得春时幽洁明净的一树琼花，完美地映衬当时明月；漫长的暑假里碧森森的绿荫，清晨时分树上鸟声细碎。光阴倏忽，树犹如此，所幸者，人世间许许多多美好的瞬间，还会一直顽强地，留在绵长的记忆中。

梨花雪

梨树要郁拔遒劲才好。桃李可以纤嫩，梨树必须是蓬蓬然的大树，才衬托得一树琼花舒展浩大如春雪。

蔷薇科落叶乔木的花都好看，开与谢皆漫天匝地，既清美又豪华。诸花里以梨花最静。李花也白，但李花开得热闹喧腾，不像梨花，开得再繁华也静到骨子里；梅花也白，但梅花虽开在雪天却香气幽甜，梨花香才真正清冷。晏殊说“梨花院落溶溶月，柳絮池塘淡淡风”，一静一动，一凉一温，一冰蓝一柔绿，是春天的两个娇颜。好友写的词里有一句“记得梨花清静月，照云归”，这句自晏几道的“当时明月在，曾照彩云归”化出，但小山二句犹有丝竹管弦的余音袅袅，“记得梨花清静月，照云归”，因为有梨花压场，整个意境清空之至，静得仿佛可以听到相思的幽微心跳。

梨花又格外干净。汪曾祺说“梨花的瓣子是月亮做的”，没有什么比月光更清洁了。顾随评竹山词，说其中精致最高者属《少年游》：“梨边风紧雪难晴，千点照溪明。吹絮窗低，唾茸窗小，人隔翠阴行。而今白鸟横飞处，烟树渺乡城。两袖春寒，一襟春恨，斜日淡无情。”顾随说“千点照溪明”是“水净花白”，实则白也是净，这首词起笔便澄净。这净不是水至清无鱼，而是包容万物，里面什么都有却透亮到无形。即便后面有烟树渺渺、斜日淡淡的惝恍迷离，整阕词的感觉依然像水晶冻，因为梨花实在太明净了。

有一年春天在京城，风沙扑面，每天回到酒店照镜子，都看到睫毛上密密的黑尘。后来去玉渊潭看樱花，也学当地人垂了轻纱遮面。凑到花前也闻不到香，满鼻尘土味。到故宫那天，一路行行停停，终于在承乾宫看到那棵著名的大梨树。那棵树据说曾是顺治爱妃董鄂氏的最爱，重重叠叠开满了花，映着灰蓝天空、杏黄琉璃瓦和苍绿松柏，像明矾一样把春天淘澄净了。树下有人在拍照，有人在写生。后来回忆京城之行，黑沙的记忆竟然渐渐淡去，只记得一树澄净的梨花，开在北地的春光里。

几年前一个春天，去朋友家，广州附近一个小城，单门独院，院里一株大梨树，花光照眼。有几丛花枝低矮，看得见红色花蕊星星点点，仿佛是猩红到死的一寸春心。蔷薇科乔木的花里唯有梨花蕊是红色。夜里坐在树下，上弦月贴在碧天，仿佛触手可摘，花光月影，清丽难言。东山魁夷有一幅《宵樱》，画的是满月下一树樱花。圆月被夸张到近似舞台布景的程度，幸好有苍绿树影掩映，才将冰轮推作背景。令我折服的是樱花的设色。月光会将一切涂上蓝调，淡粉也就顺理成章变幻为染着紫意的雪青。那晚的梨花就是冰蓝色的，清绝动人。

梨花也有红色与紫色。戏曲中有《红梨记》，唐涤生曾改编为粤剧《蝶影红梨记》，红梨花是赵汝州与谢素秋见面的表记。大约红色梨花与红栀子、红茉莉一样，皆为白花之异种。一位女友在嵩山少林寺拍过红梨花照片，花为复瓣，浅红色。又据说陕中和蜀地都有紫花梨，结出的梨果最佳。明代孔迩《云蕉馆纪谈》中载："广安出紫梨，到口即化者为佳。""取其汁和紫藤粉为糕，名'云液紫霜'。食之能却醉。"

弯叶素心

广州的三四月是宫粉紫荆与白花紫荆的盛时。三月初一个黄昏，车经临江大道，忽然瞥见绿化带里两株宫粉紫荆，发了满树轻红淡粉的花葩，静立在薄暮中。那浅粉这样嫩，恍若在梦里邂逅玲珑娇媚的小狐仙，教人忍不住要掬它在掌心。

好花须得偶遇才更觉其妙处好处吧。去年三月，凤兮在我博客留言："那日偶经流花湖，公园门前一路紫荆盛放，恍若梦幻。那时便想致电你了，然则，却组织不起语言来。"此中有真意，欲辨已忘言，我晓得她欢喜惆怅而至无语的情怀，也能想见那一抹嫩红是怎样似幻犹真。流花湖边的人民北路、华南农业大学、白云路被封为广州春赏紫荆三大胜地，事实上远不止此三处，这一两年来火炉山脚和黄埔大道绿化带等地都种上了成片紫荆，三月四月一城淡粉芳菲。

宫粉紫荆又名宫粉羊蹄甲，是豆科羊蹄甲属落叶乔木。白花紫荆是宫粉紫荆的变种，又名白花羊蹄甲。两种树的树叶均在顶端裂为心形的两瓣，形如羊之蹄甲，故名。

因为花叶相似，宫粉紫荆、红花紫荆和羊蹄甲常被人误认为是同一种花。区分的法门是：红花紫荆和羊蹄甲最繁盛的花期皆在秋冬，红花紫荆虽能自初冬一直开到初夏，但春时花已寥落；而宫粉紫荆只开在春季。从花色分辨，宫粉紫荆是淡淡的浅粉，红花紫荆是浓艳的紫红。羊蹄甲也开粉红五瓣花，乍一看的确有几分似宫粉紫荆，但两姝仍有分别：宫粉紫荆的花瓣较圆较阔，花心舒展着五枚纤长的雄蕊和一枚雌蕊；羊蹄甲花瓣狭长，花心只有三枚雄蕊和一枚雌蕊。

宫粉紫荆花大如掌，秀雅的五瓣花细看极精致。四瓣浅粉或淡紫，另一瓣别出心裁地勾勒出深红纹路，有时纹路间还染几笔深紫和嫩绿，精巧如细腻的水粉画。有时造化之神情绪格外旖旎，五瓣中便有两瓣染着粉紫色花纹，在成片花葩中矫矫不群，让人想起怡红院的俏丫头晴雯，总要打扮得与旁人不同。宫粉紫荆花开繁盛时真正华色丽光，整个天地笼罩在嫩红浅紫的薄云中。白花紫荆比宫粉紫荆更好看。皎白花朵粉嫩妩媚，正中一瓣染一痕淡淡嫩绿，有时是相邻两瓣皆洇着粉绿，清丽难言。我看过满树繁花的白花紫荆，风一来，密密花朵如成千上万只待飞未飞的白蝴蝶。那真是轻灵秀逸的春天的翅羽啊，轻轻扑扇，整个春天都似要飞上苍穹。

华师校园内颇有几行宫粉紫荆，年年春天我都如期而至。四月的绵绵春雨里，淡粉轻红洇湿如雾，似梦迷离，晴朗天气里则像淡淡云烟，看得我不敢眨眼，生怕一眨眼，那片轻烟便悄然四散了。

南沙百万葵园里有两排高大的宫粉紫荆与白花紫荆。有一回去看樱花，先看到的却是这两排花树。因是早春，枝上不见片叶，花朵也不甚繁，阴雨天，颀秀花枝在淡淡背景上描画古典的折枝花卉图案，说不出的清雅端然。好几年过去，一直记得蛋白色天空里交错的花枝。

看宫粉紫荆的最好去处，自然是华南农业大学。华农校园遍植紫荆，花开时节动羊城。花事最盛之时，逢节假日，从校内出来的车，无人不道看花回。行政楼周边和紫荆桥两侧，一天一地都是花，恍如云霞幻境，人在密实花气里仿佛要飘浮起来。我年年三月都要赴花约，去了便不舍得走。不得不走时一路回头一路叹息。紫陌红尘拂面来，美如此惊心动魄，却又必然归为尘土。忽然懂得了粉黛绮罗丛里的宝玉为何整日嚷嚷要化烟化灰，美之动人极其短暂，他早已看得澄明透彻，除了身化轻烟随之而去实在别无他法。

又有一晚到天河公园散步，自西门进行至湖边，忽见地上落英缤纷，这才发觉一路走来两旁皆是紫荆树。我成日出门寻春，却不知家门口便有胜景。一旁是喧闹的游乐场，开满了花的树却让人觉到极静。正是月初，枝头淡淡一痕眉月，因为是夜里，看不出枝上花是粉色抑或白色。翌日再去湖边，原来一半是宫粉紫荆，一半是白花紫荆。树下看花人多，我却怀恋起前一夜的清风淡月，夜色里的窈窕花树静立无言，恍如一梦。宫粉紫荆又称弯叶树、素心花，弯叶树该是源于树叶的独特形状吧，素心花一名却不知有何渊源。素心二字真好，教人省得繁华与婉媚背后，蕴藏的原是清正与端肃的本意。我想起无数次面对繁盛到极处的花开，淡粉皎白的花朵铺天盖地而来，我心里满是震撼与欢喜，却仍要敛容正色，仿佛我窥见的，不止是无边春意，亦是寂寥天地间，那一点缠绵却端素的初心。

刺桐花下越台前

东坡有诗："记取城南上巳日，木棉花落刺桐开。"此句写海南儋州春色。在我印象里，广州刺桐开花倒比木棉要早，往往早春已著花。今年二月中旬，便在植物园看到满树红花的火炬刺桐。而木棉要等到三四月才吐葩。

刺桐是豆科刺桐属的落叶乔木，原产亚洲热带，多生长于温暖湿润、阳光充足的地域。何谓刺？自然是因其树干上生有圆锥形皮刺。何谓桐？桐树即指树干中空的树木，但凡名字里带有"桐"字的树，如青桐、泡桐、油桐等等，树干皆中空如竹筒，因此木质轻软，是制作乐器和箱匣的良材，譬如青桐和泡桐便是制琴的好材料。

《南方草木状》中说刺桐"其木为材，三月三时，布叶繁密，后有花，赤色，间生叶间，旁照他物，皆朱殷"，简直将刺桐的明艳渲染成童话般的色彩。刺桐之艳的确更在木棉之上。木棉是橙红或橙黄，刺桐却多为正红。早春二月灰蓝色天空下，赤色花朵如鲜红的鸟儿栖落枝头，动人心魄。有几个常见的刺桐品种：珊瑚刺桐，又名关刀花，旗瓣如弯刀。火炬刺桐，花呈长牙形，簇生似火炬。鸡冠刺桐，又名鸡冠豆，旗瓣呈匙状，又如鸡冠。珊瑚刺桐与火炬刺桐颜色更好，是鲜润欲滴的正红，鸡冠刺桐花形有趣，但花色稍逊，通常为橙红。

真正认识刺桐，是某个春天在森波拉温泉度假村，春分交清明之际。园内一株数丈高的大树正在开花，疏朗的绿叶间，正红花朵像一支支红辣椒攒成一簇一簇，艳光四射。问了人才知道叫火炬刺桐。那红色看了教人心里高兴。春天的度假村内花团锦簇，遍青山啼红了杜鹃，黄花风铃木金光耀眼，但这株刺桐是花王。仰头望上去，一簇簇花像殷红如血的点点春心。南国艳红色的花朵都给人剖心相示的赤诚与热切之感，譬如木棉、凤凰花、火焰木，无不如是。刺桐的红是柔媚春天里海潮暗涌的力量，美得有刚性。有力量的春天才更赋予人勇气。

新塘的墓园里也有刺桐，鸡冠刺桐。每个清明到墓园拜山，总觉得园中树木长得特别好，青葱明媚，岁月不惊。鸡冠刺桐的花一串串开到近乎黑红，让我想起小津安二郎电影中，墓地里深红的鸡冠花。这些鸡冠刺桐，是每次拜山时最为注意的花木。以生的短暂热烈，来映衬死的恒久静默——这是园艺设计师的初衷吗？仿佛因为前方必定是永恒的岑寂，刹那芳华才更要燃烧得丰美灼人。

看到刺桐开花，会想起五代词人李珣。他好几首词都写到刺桐。李珣是花间词派最后一位词人，词风婉秀清疏，李冰若谓李珣词“在花间可成一派而可介立温韦之间也”，将李珣与温庭筠、韦庄并列为三大家。李珣是波斯后裔，也是前蜀后主王衍的外戚，却仅“以秀才预宾贡”，前蜀亡后不仕。其人喜游历，曾游历岭南，研究药学，兼卖香药，著有《海药本草》六卷，想来也是洒落不群的人物。南国风物在李珣笔下总是真切如画。《菩萨蛮》一首："回塘风起波纹细，刺桐花里门斜闭。残日照平芜，双双飞鹧鸪。征帆何处客，相见还相隔。不语欲魂销，望中烟水遥。"是南国春日芊绵幽远的相思。"刺桐花里门斜闭"，寂寞的场景，寂寞的红花。"残日照平芜"有唐诗气象，与下句"双双飞鹧鸪"一阔大凝重，一纤丽轻盈，余味无穷。因了刺桐的明丽，残日平芜与遥遥烟水终究染上了一点融融暖意。

大约刺桐绮艳的红花曾在李珣心上刻下深深印痕，在另一首《南乡子》里，他也提到刺桐花："相见处，晚晴天，刺桐花下越台前。暗里回眸深属意，遗双翠，骑象背人先过水。"南国独有的风情如一组清新明朗的电影镜头缓缓流动，暖湿气息如在鼻端。如今越秀山上人流杂沓，越王台，载人的大象，娇憨的女郎，偷偷遗留的双翠，早已化作尘埃，只剩那个柔靡浪漫的春天，和盛放如火的刺桐花，还活在李珣的词里。越秀山上可仍有刺桐？下一个春天一定要去仔细找一找。

木棉花暖

我来到岭南，最先认识的岭外树木，并不是木棉，而是大王椰子与洋紫荆。大学开学前夕，父母一同送我到学校，我在长途火车制造的荡漾感里晕晕乎乎进了校门。三个人都没有说话，彼此之间弥漫着心照不宣的尴尬。我并未填报这所学校，因为几分之差与理想中的名校失之交臂，才被调配至此。那时我还没有写诗，却感觉自己像个被放逐的诗人，失意且悲情。南方的绿荫裹挟着湿热的青鲜之气扑面而来，走近宿舍楼时，望到一排整齐笔直的椰子树，异常光滑的树干，中部稍稍膨大，风呼呼拂过树顶阔大的叶扇。后来我才知道，它们叫大王椰子。

宿舍四个人，我第一个到。宿舍里附带有卫生间与小阳台，这让父母总算找到了一个满意之处。他们一直担心我要半夜三更出门上公共卫生间。我安顿下来。父母走时坚决不让我送，我一个人剩在走廊上，望着楼下的椰子树，陌生的热带风光让我终于哭起来。谁料爸爸偏偏折回来拿一件遗漏的行李，正撞上我泪流不止的窘态。这情形竟使他们感到欣慰，同时也给他们增添了几个不眠之夜。

我一点点适应着陌生的气候与饭食。冬天洋紫荆盛极时，过了离家后第一个生日。学校有一条紫荆路，冬季满树繁花，落红遍地，恍如蝶梦水云乡。我从不知道冷天还能有如此盛大的花事，空闲时总要到树下走一走，暗暗惊心。

要到寒假后返校的那个春天，我才注意到木棉树。早就知道南方有著名的木棉，第一次亲眼看到木棉开放，还是仰着头在树下徘徊了许久。碗口大的五瓣花，傲然挺立于不见片叶的深褐色树枝上，像点着了无数朱砂红的花灯。那红色，简直可以灼痛人的心。那时的春天，仿佛比现在多雨，三四月间总是雨雾蒙蒙，阳台上晾挂的衣服总也不干，我们只好用熨斗将衣服慢慢熨干。有性急的同学因此熨煳了衣物，在宿舍楼传为笑谈。雨雾里的木棉花，红色愈加深重，像淋湿了羽毛的红色鸟儿，寂寥地栖落在枝头。

第一课室大楼一侧，有两棵高大的木棉。有时我在上课前到西门外吃早点，匆匆走回课室时，木棉花在前方打着旋，“扑”一声落到脚边。我并非好学生，往往老师在台上讲着刑法、民法学，或是中国革命史，我摊开一本图书馆借来的书看得入神。课间走到走廊，看到一楼中文系学生在抢着拣地下的红花，我叫一个相识的男生也拣一朵抛上来。那时在校报当编辑，与中文系不少人混得熟了。他果然拣起一朵花，用力掷上来，被旁边的同学接住。他的笑容让我隐隐难受起来。我念的，既不是向往的学校，也非喜爱的专业。不能遂愿的心结，像一颗没有拔除的智齿，时时发炎、生痛。一度想过要转到中文系，又打消了这个念头。许多年后，反而有些庆幸当初没有转系，或者说，隔着一段岁月往回看，当时是否转系，其实意义并不大。事情往往就是这样，你曾经执着于某一面，经历了光阴之后再转头看，看到的，却是另一面。

拣回去的木棉花，在宿舍书桌上摆几天，也就扔掉了。我以为树下拣花的人都是如此。直到一个周末，闲逛到教工住宅区，看到一个小院晒了一地的红花，不禁惊讶不已。问了广东同学，才知道晒干的木棉花，可煮水、煮粥或煲汤，有清热祛湿之效。我好奇地到图书馆查阅了一些关于木棉的资料。图书馆是我喜欢的一个去处，最初的图书馆是一栋杏黄色的旧楼。冬天晚上从馆中走出来，一路树叶被风吹得哗哗作响，要把衣领竖起来；春夜自图书馆回宿舍，触鼻是暖湿的草木香。我在书里查到，木棉的花、皮、根皆可入药，若以晒干的木棉花、金银花、菊花、葛花、鸡蛋花煮水，便是清热解毒的五花茶。又读到，古籍中常将木棉和棉花混用，因此，古书中所说的木棉，有可能是棉花。以前听人说起一部电影《木棉袈裟》，其中的信物袈裟，并非由木棉棉絮织成，而是棉布袈裟。木棉的棉絮，即使在从前也只不过作填充枕头之用。又据说，木棉花的颜色会受到光照、气温、土壤等因素影响，同一株树在不同年份，花色也可能发生细微变化，有时橙红，有时橙黄。我在图书馆嗡嗡轻响的日光灯下翻阅和抄录着这些段落，似乎是因为兴之所至，又似乎是我想以这样的方式，抚慰内心深处那个悲情的孩子。后来重翻当年的图书馆笔记，发现“木棉”一条下还抄录了李商隐的《李卫公》：“绛纱弟子音尘绝，鸾镜佳人旧会稀。今日致身歌舞地，木棉花暖鹧鸪飞。”我一直喜欢李商隐的诗。但是鹧鸪让我有些迷惑，我对鸟类的认知很少，所认得的鸟不过很少几种，每天匆匆赶往课室楼上课的途中，倒是有许多鸟在树与树之间扑扑飞动，那里面有没有鹧鸪？

由木棉而始，我渐渐认识了校园里许多草木。据说我本就是一个爱花的人，之所以说据说，因为这是家人告诉我的，而我自己浑然不觉。一个人最喜欢的东西，恰恰就像呼吸一样，是自己意识不到的。就如同，一个最真实的自己，往往是自己看不到的。我开始翻阅一些植物学方面的书籍，白天在校园里一一对照实物：木麻黄，白千层，秋枫，南洋楹，细叶榕，大叶榕，油棕，阴香，白兰，蒲桃，海南红豆……我本是南方人，但南方以南的树木，仍然使我感到新奇。植物在我心里，不知不觉变成校园的主角之一。多年后回忆大学生活的细节，总有草木清气氤氲其间。初夏时从白兰路走过，幽沉的花香让人莫名其妙地心跳；好些个周末的晚上，跟一两个谈得来的师兄或同学，买几罐啤酒和几包花生，在木棉树或木麻黄树边，聊一个整晚。我那时才知道，原来男生那样中意以花生送酒。尽管后来回看那四年，深觉仍是一段完全被浪费了的时光，但我毕竟慢慢走出了自怨自艾，不再沉湎于感叹命运的吊诡，而开始思考一些更广阔的问题。

毕业后我去了深圳，两年后又回到广州，并且时常在母校穿梭。母校的校园一直在发生变化。第一课室大楼由旧换新，所幸两棵高大的木棉犹在，只是被安置于狭小的树池中，远不如从前的生长环境了。很多旧树被砍掉，种上了新树。这里的四时花开，依旧吸引着我。春季的宫粉紫荆、白花紫荆与木棉，初夏的白兰、凤凰花、火焰木，盛夏至秋天的鸡蛋花、大叶紫薇，冬天的美丽异木棉与洋紫荆。下雨的春日站在木棉花下，有时会有一瞬间的恍惚，仿佛中间几年的时光被一只大手骤然抽走，而我依旧是当年那个总不能释怀的自己。这些年，我一直尝试着看见自己，靠近自己，与自己冰释前嫌，心心相印，人一生中最重要的，不就是这样一件事吗？心底那颗智齿仍在，只不过相较于少年时的愤懑与不甘，它如今牵动的，已经是另一种意义上的痛了。这种痛不再尖锐，却更为开阔深沉，仿佛是人生里必须保留的一点隐痛。

毕业前的那年三月，一个晚上，我与小熊一起散步，路过教工俱乐部前面那株大木棉树时，碰到了我的班主任。他已经知道我即将赴深圳，劝我不要离开广州。他讲了一个故事，说前几届也有个女生，毕业后去深圳工作，最后只得与广州的男友分手。“她现在的孩子都好大了。”班主任说。这个故事并没有触动我，我一向认为人与人之间是不一样的，因此别人的故事于我而言，意义并不大，打动我的是班主任说话时的语气神态。他像个操心的长辈，看着自己一意孤行的子女，无比痛惜。我终于明白，尽管内心深处从未接受这个地方，但这里的一切，注定要在生命里打下印记。

后来我才知道，当时在所有人心里，我与小熊都是铁定要散的一对。据说毕业时有人打赌，赌我们今后能不能在一起，而旁边有人表示，根本不会有谁蠢到去下赌注。不知道是否有人曾经后悔，或许有人本可以成为大赢家的。因为家离母校很近，几年后母校变成我与小熊的后花园。春天的周末，我们像学生时代一样骑着车，看校园里每一棵木棉树，拣树下的落花。不过，那位劝说过我的高大帅气的班主任，退休后搬离了校内的住宅，到他处居住，我们很少能见得到了。

山矾

山矾两个字，会让人想起什么？

山，山野，丛林，苍莽。矾，明矾，矾石，化学的坚硬无情。两个字组合在一起，仍旧是硬朗阳刚的。

但山矾其实是一种清秀的野花，白，小，繁，极香。山矾一名乃黄山谷所赐。黄山谷有《戏咏高节亭边山矾花二首》，诗写得平常，小序却生动有趣。说江南山野有一种小白花，树高数尺，春天开，极香，当地人呼为郑花。王荆公想作咏花诗，又嫌郑花一名太粗陋，山谷便提议改名山矾，因为山里人家采郑花叶作染料，无须用矾也可染出黄色。山矾一名似乎过于郑而重之，又不免乏味，既未彰显花之颜色，也不唤起嗅觉印象。这样严肃的一个花名，却偏偏成就了厚实的存在感。《花镜》里说山矾又叫玚花、芸香、七里香，玚花一名大约因为“玚”字生僻而传扬未广，芸香、七里香与别种花重了名，唯有山矾正正经经流传了下来，因用字独特，反倒不易与别种白色香花相混淆。

当然也有混淆了的。《广东新语》“山矾”一条说山矾“亦曰白婢子，入药名山栀子”，怀疑屈大均将山矾与栀子并为一谈了，白婢子应即白蟾，栀子的一种。屈大均或许并未见过真正的山矾。

郑花一名，也有人正式用过。杨万里《雨中送客有感》：“不知春向雨中回，只道春光未若来。老子今晨偶然出，李花全落郑花开。”杨万里喜欢山矾，好几首诗都提到过。此处不称山矾而称郑花，因为句中有李花。李花郑花并列，工整有趣。

诗人们喜欢山矾。有些野花天然可入诗，譬如红蓼。红蓼为诗人看重，是因为开在秋季，色艳，且生于水湄牵动离情。山矾得到青睐，当然是因为酷烈的香。“香杀行人只欲颠”，“香迷双嫩蝶，熏恼一林莺”，真正闻过山矾的香，就知道这些句子一点也不夸张。山矾开在早春，春雪初化的山野，濯濯然一树明洁，花气袭人，应该是很动人的景致吧。黄山谷咏水仙，也要拉上山矾，“山矾是弟梅是兄”，能与名花做兄弟，只因也是素雅香花，秀逸在骨。

我见到山矾是在清明时节，故乡老屋附近的一个林子。山矾生在林子边，过了盛花期，依旧香气扑人。白色小花密密挤挤簇拥成团，像柔软的雪。与梨花一样，山矾也美在蕊。一大簇白色花蕊纤长地舒展，杏黄花药是点点碎金，为素色花增添了明媚。未开的花苞晶润如米粒，所以山矾在家乡被朴拙地呼为“饭粒子花”。宋代江奎咏茉莉：“应是仙娥宴归去，醉来掉下玉搔头。”一小枝开得满满的山矾更像玉搔头，簪在发间，可熏香一间屋子，一处庭院，一个春日的黄昏。

春日午后静好宜人，顺着浅浅春草的田埂往前走，仿佛可以一直走到春天的发祥地。即使是阴天，春气也是上升的，涌动的，鲜活的，蕴藏了无限生机与无数欣喜的可能性。我在田野阡陌之间游走，隔一段时间，就走回去看一看那棵山矾。香气似乎被我带到了各处，袅袅不绝。

后来夏天回去，再去林子边找那棵山矾，怎么都找不到了。眼前一片浓绿，不开花的山矾已经泯然众树。花是树的宣言，很多树，在开花的时候会忽然跳出来，让你感觉并惊叹它的存在，等到花谢，又沉默不语回归绿丛。要等下一次花开，才能再次找到它。或许有一种人生也是如此，璀璨的时候尽量璀璨，其余时间沉潜下来，修整，内观，积蓄，再次开花。

广州没有山矾。曾经想过回乡时请人挖出那棵树，带到广州来。但是，树愿意离开自己的地方，来到广州某个阳台吗？最后还是选择让它长在我的记忆里。每个春天，我能感觉到它在开花，旧日的照片上可嗅到香气。这样的感觉，已经很好。

檵木与金刚刺

这世上有一些草木，原本是极其熟悉的，只不过仅仅晓得土名，有的甚至连土名也未曾听过。因为暌违日久，它们的形貌也渐渐在记忆里淡出了。很久以后在网上或书里忽地见到似曾相识的图片，回忆才蓦地明晰起来，有如逢故人的惊喜，也有一重怅然若失的落寞——某一时某一地，也曾见过这样蓊郁的一株；当时情状如在眼前，逝去的时光却永远不会重来了。

檵木与金刚刺，于我便是这样两种草木。

见到檵木，是在一个常去的博客里，春天的一篇。说山冈上檵木花大开，“山风吹过，白潮涌动，满山都是花影”。照片里，细白花瓣密密簇拥，如丝如缕。仿佛闻见家乡山冈青鲜的气息。这样的小灌木家乡遍山都是，清明前后映山红红遍山冈时它也在开花，花朵的外形很奇特，花瓣细细一条，数条集成一朵，数朵攒成一簇。小时候玩纸毽子，用橡皮筋将几张软和的白纸扎成一簇，再用剪刀将白纸剪成细条，一个简易的纸毽子就做成了。开在枝上的檵木花就像一个一个新做的纸毽子。那时候不知道它有个笔画如此复杂的学名，因为开得实在素朴，甚至很少拿它当花来看。

印象深刻的，是这种白花的叶子可以止血。有一回右边手臂拉了一条大口子，在我震天的哭声里，外婆上后山摘了一把檵木叶，洗净后嚼烂敷在伤口上，很快血便止住了。至今右臂上还留着一线浅浅的疤痕，也许就是这道疤，让我记住了这种可以当止血贴来用的植物吧。

真正觉得檵木花好看，是在长大之后，有一年清明回故乡，午后在田埂上来来回回游荡。春日田野是浅浅的草绿，燕子停在高处电线上，像一串温柔的逗号。路边有一大丛檵木，疏落地开着花，在尚存寒意的软风里像一种明洁的忧伤。那一刻，忽然发现这种不知名的野花竟然如此洁净细致。

到很久以后我才知道它叫檵木。《植物名实图考》中的“檵花”一条：“檵花一名纸末花，江西、湖南山冈多有之。从生细茎，叶似榆而小，厚涩无齿，春开细白花，长寸余，如剪素纸，一朵数十条，纷披下垂，凡有映山红处即有之。红白齐炫，如火如荼。其叶嚼烂，敷刀刺伤，能止血。”因为与记忆一一契合，读来有一种暖心的喜悦。

后来，知道了公园与绿化带上常见的红花檵，就是山野间白花檵木的变种，由林学家上世纪三十年代在长沙天心公园发现并命名。红花檵似乎一年四季都在开花，有时繁盛有时萧瑟，花是紫红的细条，叶子也作紫红色，看上去混混沌沌一大片，加之往往被人工修剪成一个大球，就更不为我所喜了，很难将之与故乡山野间的白花联想到一处。园林中用于观赏与装饰的浓艳的红花檵，与山冈和阡陌上细洁恬然的绿叶白花相比，实在是相去甚远。

金刚刺是自幼见惯、但许久之后才知晓大名的另一种植物，是在研究屠苏酒的某一种配方时。书中说，将菝葜、肉桂、防风、桔梗、大黄、乌头等药材的细末按一定比例配好，装入绢袋，在大年三十这天沉入井底，正月初一早起取出绢袋，浸入清酒中，再经数次煮沸便成屠苏酒。孙思邈《备急千金要方》说："饮屠苏，岁旦辟疫气，不染瘟疫及伤寒。"王安石《元日》诗中有"爆竹声中一岁除，春风送暖入屠苏"之句。好奇地在网上搜索"菝葜"这两个生僻的字，跳入眼帘的却是熟悉的图片：嫩绿中泛出微红的脉络分明的叶片，淡绿小花伸出长长花丝。幼时外婆告诉我，这个叫"金刚刺"，因其根部长刺。菝葜的大名，想来在乡间倒无人识得。

在网上查到菝葜有许多别名：金刚刺、金刚根、筋骨柱子。《植物名实图考》说菝葜"江西、湖广皆曰铁菱角，亦曰金刚根。叶可作饮……实熟红时，味甘酸可食。其根有刺，甚厉"，"叶可饮，子可食，根可染，治脚弱痹满，酿酒饮之，几无剩物"，兼其"又堪蔬"，故吴其濬感慨"吾于此见造物之爱人甚兮"。

菝葜在家乡随处可见，春时开绿色小花，因花叶颜色相近，所以毫不显眼。我甚至不记得它的小圆果子成熟后会变成好看的红色，也不晓得这果子味美堪食。在乡间，它不过是再平常不过的野生藤蔓。相集里却留着几张菝葜的照片，是某一回回乡所拍。已经不记得当时为何要为一株不起眼的植物留影，一定是因为我已成为异乡人吧。此处的河山草木，蕴藏了那么多欢喜忧愁的记忆。外婆家的后山上，嘉草良药无数。

一座大坟旁长着好几株小灌木，夏天时开成簇的小红花，好玩的是花未谢便已结果，五瓣花像一个小小托盘，捧出一粒小青果。外婆说那叫“淡亲家母”，是一味中药材。后来才知那就是能清热解毒、凉血止血的大青，民间也称淡婆婆。外公高血压发作时，外婆会请人上山挖来葛根，配上其他药材煎水给外公喝。至今记得葛根被捣烂时那种甘甜的清香，弥漫了整个屋子。初夏在山上玩，土茯苓细长的藤与修长硬挺的叶子处处可见，常常将藤蔓连根拔起，希望拔出一块茯苓，拔到了就快活一整天。长大后回忆童年时有一种满满的充实感，总觉得这种满足感有一半来源于草木丰厚的赐予。山川草木的清香，染在心上便萦绕一生。

桐花夜落

清明节甫过，豆瓣上一位友邻将签名换成“桐花夜落”。暮春的午后，一瞥之下，这四个字令我几乎不能自持。四月是桐花时节。我曾无数回看过淡月下的泡桐花，团团的腻云紫雾，似幻迷离，隔近看花葩历历，却又是清媚动人的。夜气温净，益发烘托出烂醉的花香，闻久了简直让人神思恍惚。漏斗形的花朵不时自高处“吧嗒”落下，仿佛静夜一声幽微的心跳。

桐花是清明节气之花。《周书》记载：“清明之日桐始华。”“二十四番花信风”之说中，清明节气“一候桐花，二候麦花，三候柳花”，桐花可算是清明的标志。柳永有一首《木兰花慢》，咏北宋都城清明节之胜状，起句便是“拆桐花烂漫，乍疏雨、洗清明”。“拆”即绽开之意，句中情景饱含明净的水汽，简直可以将眼睛洗净。唐代权德舆有《清明日次弋阳》诗，也提到桐花：“自叹清明在远乡，桐花覆水葛溪长。”长长的清溪上，桐花有意随流水，也是静美又触动心弦的景致。因清明时节已是季春，桐花的开落自然又常与伤春情绪交织在一起。方回《伤春》："怅惜年光怨子规，王孙见事一何迟。等闲春过三分二，凭仗桐花报与知。"杨万里《过霸东石桥桐花尽落》："老去能逢几个春？今年春事不关人。红千紫百何曾梦，压尾桐花也作尘。"一树桐花如梦，而后落尽成尘，总不免让人生出花落水流、春去无踪的感伤。

令人迷惑的是，以桐为名之树众矣，桐花究竟指何种桐树的花呢？被呼为桐的树木中，名气最大的当属梧桐（青桐），许多人便以为桐花即梧桐之花。但梧桐花开在夏季，是淡黄绿色的小花，毫不显眼，与开于清明时节且烂漫美丽的桐花形象显然不符。其实，自诗人的刻画描摹里，可知桐花所指主要为泡桐（白桐）花。唐代崔橹《题山驿新桐花》："雨余烟腻暖香浮，影暗斜阳古驿楼。丹凤总巢阿阁去，紫花空映楚云愁。"紫色且芬芳，正是泡桐花之特色。元稹与白居易有数首桐花酬赠之作，元稹的《桐花》诗有句："胧月上山馆，紫桐垂好阴。可惜暗澹色，无人知此心。"白居易《答桐花》诗中则曰："山木多蓊郁，兹桐独亭亭。叶重碧云片，花簇紫霞英。"白居易还有一首《初与元九别后忽梦见之，及寤而书适至兼寄桐花诗，怅然感怀，因以此寄》，所咏为月下桐花："月下何所有，一树紫桐花。""桐花半落时，复道正相思。"元白二人所描绘的桐花皆是雅澹、低回的紫花，正是泡桐之花。

泡桐树在吾乡极为常见。旧家院子里便有一株，亭亭直立，春时满树紫花，香扑扑的。那时看了香港武侠剧，拿着外公的黑伞，想象是一把削铁如泥的宝剑，四处舞弄。宝剑出鞘，忽地刺到泡桐树上，很快，一行深绿的汁液缓缓自树身流下，像无声哭泣的人。我很是惊异，原来这棵树像人一样会痛会哭呢。从此便再不动它。有大月亮的晚上，院子里春气浮动，泡桐花香像新酿的酒，闻久了晕乎乎的。不时有花坠落地上，捡起来，花瓣上密布深紫的斑点，花朵的形状让我想起一张闭着眼却生动的脸。

后来回到父母身边，城里也有许多泡桐树。有一晚家里人带我去剧院看湘剧，戏名早已忘记了，只记得是说龙宫公主与凡人相爱，触犯了天条，龙王大怒，派出虾兵蟹将要抓她回去。公主抵死不从，苦苦哀求，龙王无奈之下，要将公主的龙鳞全部揭去。暗红的光晕里，拔鳞的龙女好似风雨中被追逐的燕子，身姿极美，但看得出异常痛楚。我坐在暗影里十分震撼。龙女拔了鳞，终于变成凡人，与爱人相会，唱出欢快的调子，满场人都鼓起掌来。戏散了，爸妈牵我走出剧院，走到路灯昏昏的大街上。走了一段路，看戏的人四散而去，各回各的家了，路上几乎只听到我们三个的脚步声。我发现白天吵闹的街到了深夜原来如此寂寞空洞，刚才的锣鼓丝弦和热闹人声似乎只是短暂的一个梦，刹那便回复冷清。那是我第一回体味到繁华过后的冷寂。有什么东西快速地从空中坠下，落到脚边，仔细一看，原来是泡桐花，夜气里散发着朦胧怅惘的香味。

高中的学校也有数棵泡桐树，种在运动场边，整齐的一排。有时晚上到学校上晚自修，课间便下楼走到操场边。夜里的花香比白日更干净，紫色花枝融化在夜色里，像一树将飞未飞的梦。风吹过，花朵“扑扑”落下，我蹲下身，捡起一朵落花，深深地嗅一嗅。去年回家，到母校转了一转，但很是失落。经过这么多年的变迁，昔时的教学楼科技楼大礼堂早已消失不见，密密地起了许多新楼，非常拥挤，格局远不如我们读书时阔朗亲切。从前的大操场已改建成一座现代化的运动场，许多年轻的孩子在打篮球，那几排泡桐树自然早已消失了踪迹。

还有一种桐花，即油桐花。在现代植物分类学中，油桐（荏桐）与泡桐既不同科也不同属，前者为大戟科油桐属，后者是玄参科泡桐属，但油桐的花期也在清明前后，且花开明媚，其美丝毫不逊于泡桐花。家乡也多油桐树。油桐，顾名思义，种子可榨油，称桐油。桐油是重要工业用油，可用于制造油漆和涂料。油桐又名三年桐，当是指其生长极快，两三年便可成材。油桐花其实比泡桐花更好看。相较于泡桐花的素淡沉静，油桐花是清丽中的明艳。泡桐花是青衣，油桐花像天真俏媚的花旦。明明是黄蕊的五瓣白花，花心处却染着一圈橙红的条纹，十分鲜亮。花落后依然亮洁可爱，若厚厚的落花铺满一地，简直是盛美之景。台湾客家每年四月有桐花祭，赏的便是油桐花，漫山遍野，盛开如雪。

在广州还看到过千年桐花。千年桐也是大戟科油桐属，又叫木油桐、广东油桐。因其所结桐子果皮皱如龟背，而龟寓意长寿，“千年”二字由此而来。千年桐比油桐高大，往往能长至十几米高，亦在清明节前后开花。我见到千年桐花，是今年清明假时在高速路边的山上。遥遥望见几树白花，像白色鸽子簇拥在枝头，衬着油绿的叶子，愈发剔透清凉。到了深夜，风过树梢，桐花自落，虽无人能见，想必也凉静清空，别有一番幽情在吧。

大叶榕的春天

海印布匹市场每年都要去几回。初夏裁白色的薄衣，冬季剪织锦缎或是蓝印花布。初春时也总要去一两趟，却不为做新衣，而是因为布匹市场旁边有一条路，两边皆是大叶榕树，春天黄叶落尽之后，很快便会迸发满树新芽，嫩色欲滴，夺人心魄。

那条路不宽，两旁的大叶榕极高壮，繁茂枝柯在空中交叠成一个长约百米的绿棚。初春嫩叶满枝时，开车自棚下缓缓驶过，无边嫩绿像开了闸的碧色潮水，铺天盖地倾泻而来，人如掉进春深似海里。团团簇簇的新绿那样娇嫩，纯净如婴儿的呼吸，仿佛呵一口气，便会融化成一片淡绿涟漪。

大叶榕的新芽是岭南最清新鲜嫩的春色。

春风一起，大叶榕的旧叶飘满一地。树木在春季落叶，是岭南独有的景致。碧云天，黄叶地，加上时有绵绵细雨，空气中流转蓊郁的水意，南国之南的春天，因此有一重独特的气质。大叶榕旧叶的摇落，可以以一个“狂”字来名状。每当风过，杏黄的叶子乱落如急雨，树下迅速堆积起厚厚的叶冢。这场景，很能勾动人莫名的心事。待到旧叶落尽，数日之间，似被观音大士的杨枝甘露遍洒过，千枝万柯次第萌发嫩碧如童话意境的新叶，那种嫩绿极尽清雅，却又美丽到猖狂。大叶榕的树干颜色极深，多为深褐甚至接近黧黑，与浓密如绣的新叶搭配，沉郁者愈发沉郁，青鲜者愈发青鲜，简直美得触目惊心。每年大叶榕发新叶的一个月里，我总是蠢蠢不安，时常一个人走到大学校园、公园，甚至就是路边，一棵树接一棵树地看过去，欢欣无比又手足无措。世间之美，有时会让人那样绝望。要等到嫩叶渐渐变成深绿，如同由青涩渐转黛绿的年华，我才能嘘出一口气，彻底安下心来做自己的事。其实大叶榕的叶子转为浓绿之后也很好看，只不过那已是一种沉静之美，不再像初生的嫩叶那般让人惊心动魄了。

读大学的时候，广州世界大观一度颇为热闹。有一年早春，班里集体去游园，在园中某条小道上，我忽然看到一棵长满新叶的大叶榕。远远近近只此一株，因此在春阳下显得格外明净美好。我坚持要留下拍照，拍了几张后终于被几个同学拽走了。在他们看来，买门票进来看一棵路边随处可见的树，简直是殊属不智不可思议的行为。后来我却一直为当时的坚持而自傲。几处矫情的山寨式建筑，又怎能与自然流泻的青鲜生命相媲美呢。过了许多年，我仍然记得那棵树。舒展的嫩叶在阳光下几乎是透明的，像一个十五六岁的干净少年，明媚闪亮，却已蕴藏了一点点不足为外人道的浅浅心事。

今春在红专厂创意园，看到了数行大叶榕。旧旧的红砖厂房，废弃的铁轨与火车厢，不远处高耸的铁灰色烟囱，这样的背景下，一树一树鲜活的新叶愈发翠意逼人。这里的大叶榕颇有些年头了，树皆高大挺拔，风起处，满树密密的嫩叶荡漾如一池春水，简直能将人溺毙其间。我站在树下，心里忽然充满感激。十八世纪英国诗人华兹华斯，在河畔散步时看到大片黄瓣白蕊的野生水仙，深有感触，写下《咏水仙》一诗。他说，在以后的岁月再艰难的处境里，想到这一片水仙花，亦会振作，因为他感激上主对他的恩赐。造化之美能将崭新的力量悄无声息地注入人类疲惫的躯体，就像大叶榕美丽的新叶，如一只只温柔又坚定的小手掌，足以缓缓熨平生之失落、彷徨与哀伤，让人深信所有苦难的心灵最终将获得救赎。为着每年都能看到一回大叶榕的嫩叶，我永远感恩。

大叶榕又名黄葛树。除岭南外，巴蜀亦多此树。重庆市便有很多地名均冠以“黄葛”二字。《巴县志》云：“县多黄葛……城西江行数里有黄葛渡……城南山行数里有黄葛垭，皆以树得名。”今春有四川的博友将大叶榕的照片贴上微博，一样鲜嫩青葱到极处，美若赤子。

倚楼人远天涯近

若要评说最有岭南风味的树木，首先想到的会是榕树。是的，不是木棉，亦不是紫荆，而是寻常巷陌随处可见、苍绿终年的细叶榕。

细叶榕在南方实在是太平常了，平常得让人往往忽略它的存在。偏偏它又生得沉静内敛、不事张扬，就更难引人注目了。春来时，宫粉与白花紫荆开过，木棉开过，连不动声色的芒果树亦绽放了满树淡黄的碎花；初夏，黄桷兰幽浓的花气随风流动，引得人仰了头去寻翠叶丛里密密的白花；秋冬时节，黄槐金色的花朵铺天盖地而来，红花紫荆盛放如一树紫红的蝶。唯有细叶榕，自春至冬一成不变静默不语，唯一能惹人注意的，或许是枝上垂落的长长须根，迎风飘曳，让你说不好树的姿态是苍老还是年轻。只有经由经年累月的幽微体味，才能领悟出细叶榕的深沉含蓄、岁月不惊与这座城市气质的奇异契合，也才能感受到不变的苍绿里所蕴藏的鲜活气韵与从容蕴藉。

自我的家走到办公楼，要经过一段两百米左右的小径，从前两旁长的都是细叶榕。后来路的一侧要起高楼，很快围出一片工地，工地旁七八棵榕树一夜之间便消失了。我为此怅然了许久，想着几棵树不知被移去了何方、能不能存活，又不知将来楼房盖起后，这些树会不会再搬回来。自此看得剩下的三十余棵榕树格外珍贵。晴天走在树下，阳光穿过密匝匝的绿叶，在地上画出一串串淡金色的小光圈，煞是好看。更好的辰光在早晨，深绿枝叶俱浸润在薄透的清凉里，鸟声脆润，衬出清幽深邃的气象。人在绿荫行，眸光里亦能染上淡淡的翠意。

夏季的广州常有暴雨。酿雨时白昼如夜，雷声轰轰，风吹树动，细叶榕的长须飘摇不定。路上行人都走得很急，就近找地方避雨。时有明亮的闪电划破暗沉。几年前有朋友到广州开会，在大巴上看到极近的闪电，深以为异。这样明晰又迫近的闪电，似乎只有在岭南才看得到。它们如同金蛇狂舞在半空，亮着惊心动魄的美与震撼，以及睥睨平庸的傲兀。我时常有一种错觉，以为在那样耀眼的火花下，软弱的灵魂会变得刚强，而渺小的人能悟到伟大。顷刻，瓢泼大雨劈头盖脸落下来，只有曾经身临其境的人，才会知道这种暴雨究竟有多大，就像一场深沉无望的爱，纵情抒发着热烈鲜活的痛楚与快意。

这样的大雨通常不会下得太久，雨停下，天空也就放亮了，往往还会若无其事地出起太阳来。大风大雨后的平静才是真正的宁静，雨后的细叶榕因此特别美好，像一种深切的纪念。繁密枝叶被冲刷得明净透亮，缕缕须根一半赭色，一半金黄，上面缀满雨珠，在阳光里明明灭灭闪烁不定。一地都是杏黄色的细碎落叶，像画，又像诗。

长满了细叶榕的这座城市，广阔、亲切却又逼仄、喧嚣。有一回不记得因为什么事伤心了，溜出办公室想找个地方好好哭一场。正午时分的咖啡馆坐满了人，公园里老人牵着幼童与狗四处出没，后来游荡到一个荒芜的建筑工地边，正准备大放悲声，几个戴着安全帽的工人不知从哪儿冒出来，正好奇地打量着我。终于生生将眼泪忍了回去，悻悻地往回走。忽然有东西扫到肩膀上，转头一看，是榕树的须根，看上去它们总是软软地垂在风里，摸上去却是硬实的。一只鸟“扑扑”地从绿云般的树丛飞出，转瞬便冲上了半空。我在树下走着走着，泪意竟渐渐消散了。

然而这城市毕竟自有迷人之处。我曾在一个长着大榕树的院落里，闲坐整整一个下午，听树底的粤曲声声。南方的庭院里通常是不种榕树的，因为“榕（容）树不容人”，于风水不利。这个院中不知为何却有一大棵，当然此处此时亦并不住人，而是被改造成一个小小的社区文化中心，有书画室、棋牌室，还有曲艺室。当日一个私伙局正于曲艺室中开局，丝弦锣鼓声里，有老人坐在树荫下，闭目聆听烟水微茫蝶怨花愁的唱段：《七月七日长生殿》《情僧偷到潇湘馆》《光绪皇夜祭珍妃》。唱曲者行腔关目做手丝丝入扣，并不亚于专业演员。据说，一些正规剧团解散后，许多粤剧演员皆隐身于私伙局中。那日最好的是一段平喉子喉的对唱《凤阁恩仇未了情》：

“一叶轻舟去，人隔万重山。鸟南飞，鸟南返，鸟儿比翼何日再归还，哀我何孤单。”

“休涕泪，莫愁烦，人生如朝露，何处无离散。今宵人惜别，相会梦魂间。我低语慰檀郎，轻拭流泪眼。君莫嗟，君莫叹，终有日，春风吹度玉门关。”

正是南国最为莹亮的初秋时节，秋阳温柔匀净，像童话般带着透明的质感。小鸟在榕树绿沉沉的树冠边飞来飞去，树下有一株木槿开出娇艳的红花。黄色的大猫懒洋洋伏在石桌旁，石凳上的老人依旧垂目，微微摇晃着头，一只手在膝盖上轻轻打着拍子。三两个孩子围在石桌边嬉戏，一时又去逗那大猫。不知道他们将来的童年记忆里会不会长着一棵苍绿的榕树，树下坐着老人与猫，而低回婉转的曲调回雪流风般穿透时光，萦绕不去。听觉和嗅觉一样，都是最长久缠绵的记忆。

几年前一个初冬，一大早去机场，在家门口截了一辆计程车。这是第一次看到尚未苏醒的城市，一个巨大的、空荡荡的梦。车子驶出没多远，司机开始放音乐，他没有扭开电台，却播了一张音乐碟，流出的竟是地水南音。我大是诧异，但广州的计程车司机里常有这样的奇人。他听的是《惊回晓梦忆秋娟》。沉郁的丝弦与拍板声过后，一个苍凉萧瑟的男声开始低低述说：“惊回晓梦，鹤唳声声，又声声寒角吹遍江城，隔岸蒹葭人寂静，废池乔木也厌言兵，昨夜醉乡难酩酊，今朝歧路未分明……”我平常也听南音，但都是在夜里。忽地在晨曦中听到如此悲凉低沉的调子，一时萌生不知人间何世之叹。车窗外是数不尽的细叶榕，深褐色的长髯在晨风里轻轻拂动，仿佛乐游原上的五陵年少，也渐渐白了少年头。

无数回，我从细叶榕的浓荫下走过，那静默的暗绿经年不变，仿佛忘却了流年疾迅。但我的心底经常在勾勒一幅这样的图画：绿树年年依旧，树下的人却自黛绿年华渐渐走到两鬓星星。这画面每每让我惕然心惊。我总是害怕少年子弟江湖老，害怕在时光流转里永失所爱，更害怕待得蹉跎尽了这短短的一生，才发现再也找不到归时的路。

那深沉的男声依旧在耳旁絮絮地诉说：“今日倚楼人远天涯近，呢件青衫曾染我哋嘅话别啼痕……世间何物堪酬赠，心耿耿，从此飘萍和断梗，几许深盟密约，句句都无凭。”我忽然间泪流满面。

这一回，我哭得那样痛快，甚至顾不上找一个无人的角落。

紫梦成烟

中午沿黄埔大道向暨南大学南门步行，去看南门外那一排蓝花楹。去年四月底自从化回广州，车经暨大南门时忽然看见一抹蓝紫色，从前并未亲眼见过蓝花楹，但一下就认出来了。一定是曾经在植物书里看过图，从此深深记住了。当时心里很快活，没料到平常走惯走熟的路边竟然蕴藏着意想不到的惊喜。

离暨大还有一段距离，远远望见紫雾迷离，几乎不带人间烟火气。李商隐的诗句“蓝田日暖玉生烟”若用画面来诠释，这样的袅袅紫烟或许能胜任。李商隐并非没有人间气，他的好处是日常起坐也像在做梦，飘渺幻丽幽愁的梦。顾随谓义山诗的好处在能于日常生活上加上梦的朦胧美。蓝花楹正像梦，上天在春夏之交恩赐给人类的一个抵死缠绵的梦。“庄生晓梦迷蝴蝶，望帝春心托杜鹃”，人生终归是需要梦的，梦让我们像鱼接近水一样接近渴望的一切。因此蓝花楹的颜色也像一种极致的渴望，最后消融在无尽的蓝天。

这两天下过雨，树下落英缤纷，触目惊心。四月雨是落花雨。天很阴，风起处枝上摇下无数雨珠。有的花枝稍稍低一些，可以看清楚钟形花其实很俏皮，像一簇簇蓝紫色小铃铛。枝上只有零零星星的叶子。据说蓝花楹一边开花一边落尽叶子，从生物学角度看，当是为保证花有充足营养，浪漫一点的想法，似乎是造化不忍打破这片完整的幽紫。蓝花楹的花，究竟是蓝紫还是紫蓝？我更愿意定义为蓝紫。蓝的分量远大于红，使紫色忧郁静寂。大叶紫薇也是紫花，但大叶紫薇的紫色偏红，且开花时绿叶满枝，便轻俏活泼许多，绝无蓝花楹的忧郁与恍惚。

与蓝花楹相似的另一种花是紫藤，相似之处在花开的梦幻感。诗人都喜欢紫藤。李德裕诗句："遥闻碧潭上，春晚紫藤开。水似晨霞照，林疑彩凤来。"李白的诗："紫藤挂云木，花蔓宜阳春。密叶隐歌鸟，香风留美人。"写紫藤的绮美与幽静，情思深致，可惜未勾画出如烟似梦之感。真正看出紫藤梦幻感的或许是秦观。《好事近·梦中作》："春路雨添花，花动一山春色。行到小溪深处，有黄鹂千百。飞云当面化龙蛇，夭矫转空碧。醉卧古藤阴下，了不知南北。"整篇俱写奇丽飘渺之梦境，且梦中"醉卧古藤阴下"。秦观后来卒于藤州光华亭上，"醉卧"二句是著名的藤州之谶。有人说秦观此词"如鬼如仙"，是不久于人世之兆。据说秦观墓前曾有一棵巨大的紫藤，有如偃盖，那自然是一种附会，或是后人有意植下的。秦观写的是春天的梦，梦里紫藤想必花开如幻。可惜当时蓝花楹尚未引入中国，秦观来写蓝花楹，料想也能尽其精微得其神髓。

若李商隐李贺秦观来写蓝花楹，应该都能写得很美。

暨大南门外十几株蓝花楹在广州颇有些名气。毕竟蓝花楹尚不多见。惜乎生在车水马龙的大马路边，仿佛在喧嚣杂沓的声响里艰难地做梦。以前看过一幅图片，国外某一条幽静小路，道边皆种蓝花楹，铺天盖地的蓝紫色让人无处逃遁，地下厚厚一层紫雪，完全不似人间。听说火炉山也要种蓝花楹了，会种满满一路吗？我希望能在花季里挑云霞如织的清晨，或是暮色即将降临的黄昏，带一壶酒到花下，看梦缓缓升起，或是徐徐隐没。

蓝花楹又叫蓝雾树。只有亲眼看过蓝花楹开花的人，才会懂得“雾”字有多么贴切。

栀子肥

四月末在植物园见到大丛黄栀子，六瓣花开得很大，香气欺人。栀子香是初夏味道。与之相伴的，是春夏交替间一连串泛着水汽的记忆：湿漉漉的柔绿梅雨，杨梅与樱桃的酸甜，新上市西瓜甜润的水香。初夏是温润剔透的。

现在见到的栀子花多是重瓣，单瓣的反而稀罕。小时候，单瓣的野生黄栀子一点也不矜贵，开得漫山遍野都是。走在花丛里，芳气澹荡。我们摘下一大捧，抽去中间的黄蕊，用棉线串成串，戴在手腕上，一整天都香馥馥的。收获丰盛时，甚至能串成一个大花环，当项圈挂在脖子上，现在想想真是奢侈。

两年前买过一盆大花栀子。碧绿油亮、脉络分明的叶子已是极好的景致，过几天花开了，皎白繁复的花瓣一层层展开，暮色里简直像硕大的夜明珠。但一轮花开过后，整棵树不知怎地便枯死了。自此我一直认为栀子比茉莉难养。后来听说栀子其实容易活，剪一段枝浸于水中，二十天左右可生出须根，而后移植到土壤中便能成活。这种水培扦插法没有试过，倒是初夏时节常有人卖鲜切的栀子，一大把买回来，插在黑色陶瓷花樽里，青碧动人。栀子花苞也是碧色的，玲珑鲜润，渐渐绽出腴白的花瓣，芬芳无比。韩愈诗云：芭蕉叶大栀子肥。栀子花的确以饱满肥腴为美。但栀子是不能经久的花，开过一两日便迅速萎黄。明代高濂《瓶花三说》中有一段："栀子花，将折枝根锤碎，擦盐，入水插之，则花不黄。"此法以后可以一试。高濂又说："其结成栀子，初冬折枝插瓶，其子赤色，俨若花蕊，可观。"栀子果的确是秀美堪赏的。长圆形的果实上有凸出的六角棱，形状颇为特别。据说栀子果形似古代酒器"卮"，栀子一名由此而来。《本草纲目》里说："卮，酒器也，子象之，故名。"栀子果先是碧青，慢慢变作橘黄，最后是艳美的橘红色。小时候摘了栀子果剥开来玩，橘红色染到手指上，好几天还留着印子。

栀子在古代是有名的黄色染料。《汉官仪》上记载："染园出栀、茜，供染御服。"茜即茜草。古人以茜草根染红，以栀子果染黄。在网上曾见到有人用干栀子果煮水，加入媒染剂，将本白棉布染作淡黄色。那淡黄十分娇嫩，像养过的一盆月季的花瓣。张泌有词："蝴蝶儿，晚春时。阿娇初著淡黄衣，临窗学画伊。"想象中阿娇所著淡黄衣，正是这样柔净的颜色。古人以酸性来控制栀子染黄的深浅，增加染料中醋的用量，黄色便随之转深。但栀子染不耐日晒，后来便被黄檗、槐花所取代。

世间曾有红色栀子。《本草纲目》中谓："蜀中有红卮子，花烂红色，实染物呈赭红色。"《花镜》上亦记载："昔孟昶十月宴芳林园，赏红栀子花，清香如梅，今日罕见其种。”孟昶的妃子花蕊夫人最爱的花是牡丹与红栀子。《广群芳谱》引五代蜀人景涣所撰《野人闲话》中的记录：“蜀主升平，尝理园苑，异花草毕集其间。一日有青城山申天师入内，进花两栽曰红栀子花种，‘贱臣知圣上理苑园，辄取名花两树，以助佳趣’。赐与束帛，皆至朝市，散与贫人，遂不知去处。宣令内园子种之，不觉成树两株，其叶婆娑，则栀子花矣。其花斑，花六出，其香袭人。蜀主甚爱重之，或令图写于团扇，或绣入于衣服，或以绢素鹅毛做作首饰，谓之红栀子花。及结实成栀子，则异于常者，用染素则成赭红色，甚妍翠，其时大为贵重。”从文字中可以想见后蜀奢靡的风气。前蜀王衍后蜀孟昶皆是沉溺声色、纵情游乐的国主，但似乎又都是很有意思的人物。按记载，红栀子花在十月即深秋开花。红栀子花是什么样子的？因“其花烂红六出”，想象中便大致是红鸡蛋花的样子，只不过多一片花瓣而已。既曰“清香如梅”，香味与白栀子花定然并不相同，比起浓香袭人的白栀子，红栀子的香气应该要幽淡许多。

白兰花开

从前没有见过白兰，对白兰花的印象完全来自书中。书里写苏州老太太挽着篮子沿街叫卖，篮中白兰花一对一对以铅丝串好，买回去可以别在纽扣上，芳气笼人，便一直以为白兰是江南独有的风物。直至来到岭南，才知道此处白兰生得更好。大约白兰树在两广、云南等地皆长得更为高大。汪曾祺是江苏人，说“在家乡看到的白兰多是 人高”，而“昆明的缅桂是大树”——云南将白兰花呼为缅桂花，不知此树最初是否由缅甸传入。汪先生回忆昔年客居昆明时，“院里有一棵大缅桂，密密的叶子，把四周房间都映绿了”。广州的白兰也是大树，一般都有四五层楼高，翠叶披离。

每年五六月间，白兰盛开。先是走路时闻到香气，抬起头看，碧叶间已经密密匝匝尽是花苞了。白兰叶子很大，颜色耐看，比其他树的深绿要翠嫩许多，十分秀丽。淡绿色的花苞也好看，像毛笔的笔尖，略略鼓胀，仿佛蘸饱了墨正要写字。白兰花香有点狡黠，像个顽皮的孩子，有时站在树底下反而闻不到香气，走出几步那花香便追着人来了，把人密密实实捂在其中。再走几步，仿佛又消逝了。忽忽闪闪，明明灭灭，兜兜转转与人捉迷藏。白兰香的好处，不就在这若隐若现、似淡还浓里吗?

家附近有一条长着细叶榕的小路，路旁是另一个住宅区。许多次走在路上闻到白兰香，惝恍迷离的，人如在梦里行。我好奇地朝围墙内张望，里面长了榕树、樟树还有栀子树，却看不到白兰。几年下来，终究也没找到香气从何而来。寻不到源头的花香，成了短短小径上一个谜。初夏夜里经过天府路，好几处地方也能闻到花香，树在头顶生得很高。有时刚刚下过一阵雨，地上便积起一层细长的白兰瓣，好些被人踩过，都已生了锈，变作赭黄了。

白兰花开的时节，路边的大树下偶尔能看到穿深色暗纹上衣卖花的阿婆。她们当然不叫卖，只等着路人驻足。竹篮子面上盖一块湿布，有人买花便揭起布，用一个一次性塑料水杯量花。一杯花是一块还是一块五?记不清了。广州人没有佩花的习惯，买回去用一个瓷碟装上水，将花梗朝里浸在水里，沿着碟边摆上一圈。亦舒小说里写上世纪八十年代的香港人家，晚饭后女佣“捧满满一碟子白兰花出来，幽香扑鼻”，正是南国初夏的况味。白兰遇水会渐渐张开，香气到了屋子里要沉实得多，幽幽的，满室暗香。不知道为什么，这两年来，卖白兰花的营生渐渐看不见了。

读大学时校园里有一条“白兰路”，两旁密密的都是白兰树。还有青松路与紫荆路，都是写实的路名。我们觉得这些路名过于直白无韵，深以为憾。毕业后再回学校，才发现青松路已改种人面子树，只剩下白兰路与紫荆路名副其实了。

每到夏季，白兰路花香氤氲，到了夜里香气尤其幽浓。那时爱待在图书馆看书。刚开始时是旧图书馆，杏黄色的旧楼，墙上有斑驳痕迹，窗边树影浮动。提早一点到，就可以择靠窗的位置放下书包，然后到书架子上找书。每次拿一本，一边看一边将喜欢的段落抄到笔记本上。晚上十点走出来，常常特意绕到白兰路走一走。有时候晚上要到校报编辑部值班，编辑部在桃李苑内，除了报纸，还编一本副刊。很大的一间会议室，我们在里面开会、组稿、敲定栏目名，泡柜子里不知谁准备的茶叶喝。夏天蚊子多，我每次去都带一饼蚊香点在脚边。编辑部里多是中文系的学生，我与他们不同系，渐渐也熟络起来。中文系的学生每周都要练笔，一年下来便可集成厚厚一本。好几个写得好的，我经常向他们讨要了作文集来，在日光灯细微的嗡嗡声里看得入神。从桃李苑出来，没走几步就到了白兰路，我便很放松地在花香里穿行，缓缓走回宿舍。

后来，学校建起很大的新图书馆，旧馆便改作他用了。第一次走进新图书馆，只觉得地方很大，装修也十分现代，一眼望不到边的样子，忽然觉得怅然若失了。好在新馆离白兰路很近，有时看书看到一半，我也会走下来，闻闻花香。路上人来人往，天上有淡月微云，在树下闭起眼，只觉得香气透过肺腑，一径要钻到心里去。

鸡蛋花

小区有好几处花园。其中一处，正中植有一株极大的鸡蛋花，树的周围留出一圈空地，砌了几个石凳，围出一个小小的休憩之地。鸡蛋花开的时节，时常绕到树下，仰头看一簇一簇的繁花。树生得高，树冠很大，舒展如一柄浓绿的大伞。上午时分，阳光斜斜地照在花上，隐隐闪烁浮光耀金般的光泽。风里流转脉脉的幽香，鸡蛋花香清甜雅致，比之白兰香与桂花香，更有一种闺秀之气。

《聊斋志异》里有一篇《罗刹海市》，讲商人之子马骥出海经商，被龙王请到龙宫作《海市赋》，龙王爱其才，将公主许配于他。龙宫里有玉树一株，树干莹洁，叶似碧玉，厚若铜钱，洒下一地浓荫。马骥与龙女常在树下吟诗歌唱。玉树上开满红花，晶莹如玛瑙，每有花瓣飘落，便发出清脆的声响。不时有珍禽飞来，栖于枝上，啼声凄婉。此情此景，让马骥顿起怀乡之意，后来终于离开龙宫，回家乡去了。我不喜欢这个故事，却一直记得龙宫玉树的细节。大约那棵树被描述得太美了。后来见到这棵大鸡蛋花，不知怎地，无端便想起《罗刹海市》里的玉树来。这棵树当然并不像书中描绘的玉树，之所以会发生这样的联想，恐怕因为它生得实在颀秀饱满、亭亭如盖吧，碧绿的叶子脉络分明，有厚实的质感，且不时有花朵自树上飘落，安静的时候，能听到花坠地时的“吧嗒”轻响。鸡蛋花落了以后仍旧是完整的一朵，十分好看，若树下恰好是毛茸茸的绿草地，花落在上面，简直是一幅画。我常常拾起看上去还很新鲜的落花，装入布包里，幽香扑鼻。过几天倒出来，花瓣都锈作焦黑色了，却仍有一股旧旧的香气。

黄昏是这棵树最动人的时候。夕照里淡黄的花朵格外温柔，渐渐地高处的叶与花俱隐没在暮色中，对面一格格窗子里次第亮起灯火，讲述无数的人间故事，别人家做菜的香气缓缓飘过来，夜风吹得叶子簌簌作响。此时的风无论如何都是带着凉意的了。我舒展双手，让风从臂上缓缓滑过。暗夜里鸡蛋花的香气像什么呢？是幽暗中忽然跳进脑海的旧事吧，带一点恍惚与迷惘，却总是温润柔软的。

今年七月，在增城某一处酒店的花园里看到许多株鸡蛋花，红的淡黄的都有。树生得葱茏丰腴，一簇簇饱满的花朵自叶丛中伸展出来，花香流溢。红色花是鸡蛋花的原种，平日里颇为少见，这里却种了许多。红鸡蛋花的花瓣较为狭长，花色艳丽，我还是更喜欢淡黄的花朵，有古典的画意，仿佛在乳白底子上晕染了几笔娇嫩的鹅黄，色泽鲜明，有人觉得似鸡蛋白温柔地包裹着蛋黄，鸡蛋花一名便由此而来。粉嘟嘟的花瓣且有丝绒般的柔腻质感，让人忍不住要伸出手触摸一下。晚上在花树间穿梭，我想着若冬季来这里，会另有一番情景吧——鸡蛋花即便落光了叶亦别有风姿，这也让它成为落叶之后我也能一眼认出的植物。冬天，鸡蛋花灰白的树干弯弯曲曲，分枝颇多且姿态奇特，形如鹿角，若树生得高，虬伸有姿的灰白枝丫映着蓝天，是可以入画的清奇。

因为性凉味甘，鸡蛋花可作烹茶之用，有润肺解毒、清热祛湿之功效。华师一个水塘边长了一株很大的鸡蛋花，初夏时路过水塘，正花开满树。一小半枝干斜斜欹在水上，水面已落了一层淡黄花，淡金色的阳光下隐隐有宝光流动。另一旁的草丛里也密密覆着落花，一位穿花布衫的阿婆仔细将地上的花一朵朵拾起来，纳入随身携着的布袋中。我猜她是拾回去泡鸡蛋花茶饮。新鲜的鸡蛋花洗净后便可泡水喝，或是晒干后供泡茶之用。广东著名凉茶五花茶中的“五花”便是指鸡蛋花、葛花、菊花、木棉花、金银花，若再加入罗汉果，便成“罗汉果五花茶”，可清肝热、去心火，生津解渴。

除煲制凉茶之外，粤人还用鸡蛋花制糖水。糖水是用中药材、豆类、水果或牛奶等加糖加水制成的甜品，为广东所特有。汪曾祺先生在《五味》里写外乡人眼里的广东糖水，令人莞尔：“昆明金碧路有一家广东人开的甜品店，卖芝麻糊、绿豆沙，广东同学趋之若鹜。‘番薯糖水’即用白薯切块熬的汤，这有什么好喝的呢？广东同学曰：‘好嘢！’”在粤人看来，糖水能滋阴养颜、益气活血、补虚安神，是传统的养生品。四时花朵是粤人制糖水的好素材，譬如木棉花、金银花、鸡蛋花、桂花种种。新鲜鸡蛋花可与红糖一起煮成最简易的一道糖水，可治感冒、热咳与咽喉炎，也可与马蹄玉米或是绿豆同煲，都是消暑的饮品。做过一道鸡蛋花番薯鸡蛋糖水，番薯削皮切粒后在清水中稍浸片刻，鸡蛋煮半熟后捞起剥壳，而后番薯粒与鸡蛋一起下锅煮，蛋薯皆熟后加入焯过的鸡蛋花和冰糖，水滚即成。这款糖水清甜滑嫩，鸡蛋花的清香扑面而来，别有一番清逸的况味。

凤凰

张晓风写于金急雨树下看满树薄金风铃般的黄花："……站在树下仰天，才觉万道花光如当头棒喝，夹脑而下，直打得满心满腔一片空茫。"六月，站在开满花的凤凰树下，忽然想起这段话。繁华的极处，转成空茫，人面对造化的神异，有时会忽地变作天地初开时的赤子，满心里只余懵懂的欢喜，无法言说眼前风华。心里隐隐约约地觉得，大约只有最大胆的画家才会作如此跳脱的配色吧：艳红的花朵，衬鲜绿的细叶，如锦如绣，亮烈明丽的色彩仿佛神的光辉。

最初知道凤凰树，是自亦舒的小说里。凤凰木在亦舒笔下叫影树。香港永恒的夏日，浅水湾的细沙，影树羽状的树叶蓬蓬然，树顶开满红花，火红激烈……后来晓得，影树的红花也就是萧丽红《千江有水千江月》里开遍台南府、令海港少女贞观"初见已惊、再见仍然"的凤凰花。贞观窥见天地间的大美，感激无限，连交通车也坐不住，下了车在连天花荫里一步一步走回住处。来到南方见过凤凰木开花之后，这样的画面在脑子里想一想都觉得壮阔。凤凰树迤逦绵长的花帜，让城市乃至天地都变得浩大。想起每回仰起头站在凤凰树下，心里岂止敬畏，简直起了恐慌，大片泼泻般的红与绿起起伏伏明明灭灭，在丽日下那样安静，却又热闹喧腾到了极点，我担心只要再过来一阵风，这朱光翠影便会惊动了天地人间。

张爱玲也写过凤凰树的。有一回夜里去珠江边，车子停在临江大道的树影里。下了车就看到脚边有羽状的碎叶，敏感地抬头，果然是凤凰树。黑暗里我也知道它开了满树花，其实高高的树顶是一团暗影，根本辨不清颜色，但我分明能感觉到无光处的烈烈燃烧。记起张爱玲似乎写过类似的情境，回到家翻书，在《倾城之恋》里找出一段，范柳原在浅水湾的夜里叫白流苏看开花的凤凰树：

到了浅水湾，他搀着她下车，指着汽车道旁郁郁的丛林道："你看那种树，是南边的特产。英国人叫它'野火花'。"流苏道："是红的么？"柳原道："红！"黑夜里，她看不出那红色，然而她直觉地知道它是红得不能再红了，红得不可收拾，一蓬蓬一蓬蓬的小花，窝在参天大树上，壁栗剥落燃烧着，一路烧过去，把那紫蓝的天也薰红了。

从来不喜欢张爱玲，但这一段关于凤凰树黑夜观感的文字写得真好，敏锐贴切。有些浓烈的颜色，即便在黑暗里亦能用心看得见——即便是满怀心事与算计的白流苏也能看得见。至于"野火花"一名，据说有这样一个来历：一位航海家经过某海岛时，正值森林中凤凰木开花，红光漫天，他以为森林大火，连连惊呼："Flame of the forest!"野火花便成为凤凰木的别名。我忍不住要揣想他终于弄明白那并非大火，而是炎方连天的火红的花之后，该是怎样的瞠目结舌。

内环路边有一株很大的凤凰木。树长在低处，浓密的枝叶自内环路面探首而出。五月底六月初，许多次经过内环路，都能望得到色彩激荡的树冠，在眼角的余光中明艳地闪过。此处不能停车，无法驻足细看，因为不能遂愿，怅惘中反而将这棵树记得更清晰了，简直可以在梦里添上想象细细描画。华师的某处草坪上也生着一棵很大的凤凰树，妙处在于一旁还有一株火焰木。不知道是谁策划了这样亮丽大胆的构图？两棵树的花期通常在五月末交集，正好诠释了两种不同的燃烧。凤凰树上是成片的火光，灿若彤霞；火焰木的花则像一盏一盏的红灯，点亮了挂在深绿的枝叶间。树下落花遍地，青草坪铺上了朱色的绒毯。凤凰花是轻盈的蝶翼，落了地依旧艳红薄透；火焰木钟形的花有碗口大，边缘微微地起了皱，泛出憔悴的暗橙。

只要静下心来，我大约可以一一数出这些年见过的所有凤凰树。在常人看来，某个品种的树不过意味着笼统的一个物种吧，但在爱树的人心里，一个品种的树里包含了无数鲜活而姿态各异的生命。譬如，这一株与那一株凤凰树，便可能是两棵不一样的树，有不同的身段、风姿与性情。我几乎记得看过的每一棵开花的凤凰木。

前年六月，小熊家族中一位长辈过世，我与小熊匆匆赶往他的老家——一个安静的海滨小城奔丧。葬礼在一条窄窄的巷子里进行，人挨着人，四处香烟袅袅，密不透风。我不谙当地风俗，只能处处学着同辈人的样子点香、行礼、叩拜。一个下午过后，头脑渐渐昏重起来。勉力支撑到仪式结束，草草吃过晚饭，便回到酒店睡了黑沉的一觉。翌日一早起来，拉开窗帘，视线忽然被点亮了！酒店不远处，分明有一棵极大的凤凰木，开了满满一树大红的花，意气风发地招摇在带着咸香的海风中。因为空气清新，几乎可以看得清小鸟羽毛一样秀丽纤美的细叶。酒店旁边是市中心新开发的一个住宅区，凤凰树就长在错落有致的小区花园里，衬着湖蓝的天，棉花糖一样的白云，和浅蓝间粉白的高楼，明媚得让人顿时神清气爽。刚刚经历过葬礼，我忽然发觉原来生可以如此明艳张扬，简直是带着一股子怕来不及尽心尽力去活的蛮霸的热情，和不管不顾的狠劲。

真的，凤凰花开起来是有一股决绝的劲头的。赤彤朱丹的一片，仿佛要把天地烧成一片火红。像一种丰美艳烈的人生，像九死不悔拉也拉不回头的执着，像历经大喜大悲与大恩大劫的生涯里不死的灼灼梦想。看见凤凰花开，会想起《花间集》里说的“须作一生拼，尽君今日欢”，那也是奋不顾身的盛开，而这两句，一向被我视作整部《花间集》的精魂。

“须作一生拼，尽君今日欢。”我再不能把凤凰仅仅当作一种花。

狗牙花

广州许多绿化带上都种了狗牙花，但一般人并不知道花名。工作单位南门外从前种过一排，初夏开花，粉白花朵此起彼伏，能一直开到深秋。以前下班自南门出，开花时靠着绿化带走。黄埔大道车水马龙，几乎没有行人注意到这一线白花，它们总是寂寞地、自开自谢地，开足一个长夏。

第一次自植物图谱上知道这花名曰狗牙，不禁失笑，好看的花偏偏被安上如此尴尬的名字，简直唐突佳人嘛。狗牙花别名白狗花、狮子花、马蹄香，不知怎地，来来去去都与动物相关。又名豆腐花，也不甚雅。后来听说狗牙花的叶子入药可治癫狗咬伤，大约花名便与这一功用有关？

楼下花园里有两棵狗牙花，都长得齐人高了。这个小花园最初只有疏疏几丛花草，后来说业主都可以往里面种树种花，园中的绿意渐渐深浓起来。时常能看到几位阿伯头戴草帽一丝不苟莳花弄草。南方树木长得快，三两年便长成郁郁葱葱一大片绿，夏季一场大雨过后，自阳台望下去蔚然幽深如热带雨林。两株狗牙花长在花园靠墙的一侧，暗红的墙衬出绿叶白花，颜色搭配得明净。狗牙花叶子颇大，青翠欲滴，上面的脉络极清晰，花为重瓣，有点像栀子，花瓣边缘皱皱的，像洗过之后有点卷起来的棉布花边，凑近了可以闻到淡淡清香。花蕾是淡绿色的，跟栀子花苞尤为相似。

初夏一个午后，我与小熊在暨南大学校园里散步，想找开了花的凤凰木。走到半途忽然下起大雨，就近走进一个停车场避雨。站在离出口两三米远的地方，依然要撑着伞。广州夏季常有这样的暴雨，激烈如爱恨。这是我第一次靠得这样近看大雨，黄豆大的雨点，仿佛要打到心上来。远处有一团紫色的烟雾，朦朦胧胧像一个暂时停驻的梦，我猜是大叶紫薇。过两天寻了去看，果然是两棵很大的大叶紫薇，只是站在花下，倒不如那天远远隔了大雨好看。

在停车场等了许久，觉得雨仿佛小一些了，撑伞走出去，走了一小段路，半身尽湿，只得又避到一个单车棚下。大雨打得棚顶“咚咚”作响。车棚旁边有一大棵狗牙花，开得晶莹如雪。狗牙花是灌木，平时见到的都不高，这一株却亭亭如树，要仰了头去看花。有几枝伸进棚里，碰到棚顶又弯折回来，开了一连串白花。树的另一侧紧靠高楼的墙壁，在如此逼仄的空间，竟生得枝青叶茂，满树繁英。

那栋楼叫化学楼，很有些年月了。后来我们自侧门进了楼，狗牙花的花枝就在窗边。碧叶白花，被雨洗得明净，倚着青灰的墙壁，有一种深沉的古意。楼里起先有几个学生在说话，后来也走了。大门口正好有两把椅子，我与小熊坐下来，看窗外的大雨，偶尔说两句话。雨声如大弦嘈嘈，高高的楼顶垂下旧吊扇，路上一个人影也看不见。整栋楼如孤岛，只余我们二人，异常地安然宁静。似乎外面的世界忽然凝滞，时光只在我们身上以慢镜头的方式缓缓流动。这样的雨声里，最容易让人回忆起惆怅旧欢如梦。我隔一阵就起身走到窗边，去看那一树旧日故事一般的白花。

这场大雨到黄昏才停，我们在雨后的斜阳里走回家，处处水光闪动。许久以后，每次走进暨大，总会想起那个落雨的午后，和那一树清隽明洁惆怅如梦的狗牙花。

烧空红佛桑

有关朱槿的记载，最早见于一千七百多年前西晋嵇含所撰《南方草木状》：“朱槿花，茎叶皆如桑，叶光而厚，树高止四五尺，而枝叶婆娑。自二月开花，至仲冬方歇。其花深红色，五出，大如蜀葵；有蕊一条，长于花叶，上缀金屑，日光所烁，疑若焰生。一丛之上，日开数百朵，朝开暮落。插枝即活。出高凉郡。一名赤槿，一名日及。”这段文字体物细致，描摹精准绮艳，一直为后人反复援引。西晋时的“高凉郡”大致相当于今之广东恩平、阳江一带，生于炎方的朱槿，在诗人笔下向来是鲜烈俏美的南国风物：“瘴烟长暖无霜雪，槿艳繁花满树红。”“泉石暮含朱槿昼，烟霞冬闭木绵温。”苏东坡在粤地，也曾为朱槿的秾艳倾倒，称其为“焰焰烧空红佛桑”。

“佛桑”乃朱槿别称。李时珍认为，佛桑二字系“扶桑”之误，即木槿原本别名扶桑。扶桑是《山海经》里生于日出之处旸谷的通天神木，东方朔《十洲记》里描绘说“树长数千丈，一千余围”。朱槿不过是锦葵科灌木，“树高止四五尺”，为何被冠以扶桑之名？《本草纲目》列出两个理由：“东海日出处有扶桑树，此花光艳照日，其叶似桑，因以比之，后人讹为佛桑。”叶如桑，正红花朵明艳似日光照眼，让朱槿得以自远古神话中借来“扶桑”这一雅号。早在宋代，姜特立也在《佛桑花》一诗中表达过相似的看法：“东方闻有扶桑木，南土今开朱槿花。想得分根自旸谷，至今犹带日精华。”

然而，曾任广州司马的唐人刘恂在《岭表录异》中记载：“岭表朱槿花，茎叶者如桑树，叶光而厚，南人谓之佛桑。”据人考证，这是第一次有文献称朱槿为“佛桑”，刘恂并未提及“扶桑”一名。于是孰因孰果的问题就产生了：究竟是先名为扶桑后被错呼为佛桑，还是本名佛桑而后被误念成扶桑，并渐渐附会上日出神木的传说？我更倾向于后者。很可能佛桑是朱槿土名，不知何时被误传为“扶桑”，且由文人雅士在古籍里找到落脚处，俚俗摇身变作古雅。

无论怎样，朱槿与太阳之间的确有奇异缘分。屈大均由此生发出瑰丽的想象：“佛桑亦是扶桑花，朵朵烧云如海霞。日向蛮娘髻边出，人人插得一枝斜。”扶桑树是日出之处的神木，南国女子发间插艳色扶桑，便似太阳自云髻上灼灼升起，明丽照人。朱槿作发饰也确实相宜，长长一根花蕊探出，顶端金色花药闪烁，简直有“玉钗头上风”一般的动感与风神。

朱槿原产于我国南方，在岭南与闽南均随处可见。北宋明道年间一个深秋，漳州军事判官蔡襄在州西耕园驿见到数十株开花的佛桑树，念其“寒月穷山，方自媚好”，作《耕园驿佛桑花》诗一首：“溪馆初寒似早春，寒花相倚醉于人。可怜万木凋零尽，独见繁枝烂漫新。清艳夜沾云表露，幽香时过辙中尘。名园不肯争颜色，的的夭红野水滨。”十五年后，即宋仁宗庆历八年（1048年）四月，蔡襄再次路过耕园驿，驿庭佛桑花开如故，蔡襄追感昔游，又提笔赋《耕园驿》诗：“使轺迢递到天涯，候馆迁延感岁华。白发却攀临砌树，青条犹放过墙花。悲来唯见金城柳，醉后曾乘海客槎。欲问昔游无处所，晚烟生水日沈沙。”后来明代杨仪填词咏佛桑，中有“当年见说耕园驿，君谟两度为花来”之句，说的正是此事。“君谟”即蔡襄表字。

蔡襄写第一首佛桑诗时正值二十出头的锦瑟华年，诗写得俏丽轻盈，暮秋的寒意在他看来倒似早春。令人费解的是“幽香时过辙中尘”一句。朱槿是断无香气的花，《岭表录异》谓其“虽繁而有艳，但近而无香”。那么蔡襄感受到的幽香从何而来？是驿站中其他草木的芳气，抑或个中自有人在？豆瓣上一位友邻曾经考证，蔡襄此次过耕园驿尚新婚不久，身边立着亭亭玉立的结发夫人，“幽香”一句便是含蓄地将新婚妻子写入咏花诗中。我喜欢这个猜想。蔡襄十九岁中进士，二十岁授漳州军事判官，随后先往江阴迎娶葛氏夫人回故乡福建仙游枫亭，再携家眷前往漳州赴职。此时他的人生正翻开日丽风和的一页，笔下诗篇自然带着旖旎悠然的欢喜之气。庆历八年旧地重游，花依旧，人不同，同样对花赋诗，一下笔便是沉郁的调子。其实此时蔡襄依然是三十七岁的盛年，前一年刚因任福州知府期间多施善政而被擢升为福建路转运使，此刻面对繁花烂漫，竟然有了“木犹如此，人何以堪”的悲慨。毕竟十五年如电抹，再顺风顺水的人生也会有逝者如斯的隐痛，更何况蔡襄已经历过庆历新政失败的落寞。文人惯于以己观物、以己度物，同样的花开灼灼，在不同心境下便是迥然不同的意境。而诗歌最打动人的，也正是文字背后幽微的人心人情吧。

蔡襄两次在耕园驿见到朱槿盛放，季节分别为暮秋和初夏。朱槿正是可终年开花的植物，而夏秋两季花事最盛。平时所见多为单瓣朱槿，偶尔有重瓣的。一向觉得单瓣较复瓣更为简净妩媚，但有一年夏天上莲花山，看到一大片重瓣朱槿，花开得比别处都好，朱颜格外光润欲滴。那天没有随身带相机，一路看一路遗憾。美有时是一场出其不意的邂逅。

我家楼下也有几棵朱槿。夏季落过一场雨，花瓣上缀满水珠，润湿的赭石色鹅卵石小径上几朵净红的落花，花蕊上的金屑犹闪烁淡淡光泽，园子里弥漫着日式庭院般的清淡空寂。但朱槿最适宜的状态，似乎不是静谧地生在这样的处所，而是胡天海地开在人少树多的郊外，散发出闹哄哄的、生鲜热辣的乡野气。我看到过好几回如斯场景，齐人高的树上开了数百朵熏熏的花，碧绿配正红，下午偏西的日光照在有尘土气的花瓣上，让人蓦地浮起一丝怅惘。粤地乡间种惯朱槿，清代梁修《花埭百花诗》佛桑一篇题记中曰："羊石人家，辄见一株飘出墙头，晓露罗敷，楚楚有致。""晓露罗敷，楚楚有致"写得好看。不过，如今粤地只怕少有人知道佛桑一名，更遑论扶桑、日及这类别名了。憨实的粤人总爱删繁就简又形象诙谐地将朱槿唤作"大红花"。

一刹舜华

其实我从未亲见某一朵木槿花朝开暮落。小时候木槿不稀罕，外婆的邻居，就是四叔爷爷家屋前水塘边就有一大棵，整个夏天紫光潋滟，每天都开满满一树。粉紫的五瓣花开得碗口大，花心处一圈深紫红，饱满的白色花蕊一枝挺秀。那时并不晓得每朵花都已不是前一日的。湘中人家爱用木槿作篱笆，木槿又被叫作篱障花，好看亲切却不矜贵，长夏一道一道轻红淡紫的花篱，映着白墙黑瓦，是潇湘的洒落风神。

《诗经》时代的人们已经用木槿花比喻美人。“有女同车，颜如舜华。有女同行，颜如舜英。”舜华与舜英都指槿花。为何曰“舜”？“舜”指极短的时间，据说木槿花只有一天寿命，是以又名朝开暮落花。花本易谢，让人联想到锦瑟华年的飞逝，短命的槿花更让人惕然心惊。“采采荣木，结根与兹，晨耀其华，夕已丧之。”陶渊明看到槿花开落，终于悟出人生若寄，憔悴有时。义山借槿花感叹红颜易老芳华刹那，“风露凄凄秋景繁，可怜荣落在朝昏，未央宫里三千女，但保红颜莫保恩”。其实自整棵树看，木槿一夏都繁荣，花期长，此起彼伏生生不已。“占破半年犹道少，何曾一日不芳来，花中却是渠长命，换旧添新底用催。”韩国将木槿唤作无穷花，并奉为国花。朝开暮落与无穷，禅理般引人以一生智慧去参透。如果花是哲学家，木槿一定在孜孜不倦提醒人类关于短暂与长久，刹那与永恒。

来粤地后难得看到木槿，终年遍地开花的是与木槿同属锦葵科木槿属的朱槿。几年前夏天返家乡，回了一趟中学时代的母校。校园格局已与当年读书时迥异。园艺设计者或许受了民居中木槿花篱的启示，在某两个区域之间种了长长一线木槿树，枝叶葳蕤。黄昏时复瓣紫花有了倦意，南风过处，叶与花都是乱的。我记得从前教学楼与科技楼之间也有不少木槿，校园变得崭新而面目生疏了，这一路熟悉的紫花钩沉暗香惆怅的少年时。年轻的孩子们端着饭盒或抱着篮球叽叽喳喳从我身边走过。

有一年七月在西湖边也看到木槿。树生得很大，零星开着三两朵花，但每一朵都艳丽饱满。有一朵就生在主干底部的细枝上，花瓣上浮起西子湖楚楚的水汽。印象里木槿花总是俏丽野性的，这几朵却沉静清恬，临水照花敛容无言。

《太平广记》里有个故事：唐玄宗侄儿汝阳王李琎精通音律，善羯鼓。某回头戴砑绢帽击鼓，玄宗摘红槿花一朵，放置于李琎的绢帽上，砑绢帽极滑，花好不容易才放住，但李琎一曲《舞山香》奏罢，花犹不落。玄宗大笑，谓“花奴姿质明莹，肌发光细，非人间人，必神仙谪堕也”。花奴是李琎小名，以花为名，可以想见姿容冠绝皇族。他又爱酒，自称酿部尚书，在老杜《饮中八仙歌》中排名第二：“汝阳三斗始朝天，道逢麹车口流涎，恨不移封向酒泉。”玄宗风流天子，性情俊迈奔放，喜欢胡地传入的乐器，却不喜琴音，曾在听琴时叱退乐师，而召花奴击鼓为其“解秽”。玄宗自己亦是羯鼓演奏家，亲自谱过《春光好》《秋风高》等鼓曲。羯鼓音色焦杀鸣烈，头顶红花的俊美少年“头如青山峰，手如白雨点”，青春意气与心性必要人前完美展露高难度技艺，整幅画面正是盛唐织金染银的跳脱豪华。木槿本是多么乡土的花木，因为曾经融入盛唐激荡频促的鼓声中，也变得清越飞扬起来。花奴鼓声急，头顶槿花红，这是记忆里有关木槿最为生动旖旎的传奇。

幻雪离花

茉莉是夏天的清物。家里养了好几盆双瓣茉莉。双瓣茉莉好养，只须记得浇水、定期剪枝和施肥即可。屈大均说“以残茶米浆及鱼腥水沃之，则花繁”，茶汤和洗米水的确有奇效，浇过之后嫩枝频发，雪白花苞此起彼伏自枝顶弹出，从初夏至深秋，能陆续开出四五轮繁花。

花开盛时，阳台上每日落下一层琼英。用一个碧色陶碗盛点清水，把尚未变黄的落花都捡起来，养在碗里。漂在水上的茉莉会继续散发淡淡香味，一如渐渐变得黯黄却依旧温厚的记忆。

茉莉有单瓣、双瓣、多瓣之分。七月末一个午后，小熊路过一家花档，意外地看到难得的多瓣茉莉，当下便搬回家。枝上已开出饱满的一朵，繁复层叠的花瓣，像小小白牡丹，幽香沁人。另有十数个花苞，小花苞淡绿，大一些的绿色愈来愈浅，渐渐变成纯白。十余日过去，又开了两朵，却有些恹恹的，再过几天整盆花便渐渐萎黄了。怀疑是花农添加了某些药物人为制造出繁盛之态，透支之后却不能长久所致。后来再也没有养过多瓣茉莉，只有短暂花开时的丰腴莹润，永恒地被定格在镜头里，似乎还能嗅到香气。

说到茉莉，教人不能不想起素馨，一种与茉莉神似，曾在岭南令万千人倾倒而后电光幻影般消失不见的奇花。素馨与茉莉同属木樨科素馨属，因素馨花比茉莉大，亦称大花茉莉。大花茉莉多为五瓣白色香花，与茉莉最大分别在于其枝条柔软下垂，不能直立，须用屏架扶起。南宋《能改斋漫录·方物》中记载："岭外素馨花，本名耶悉茗花。唯花洁白，南人极重之，以白而香，故易其名。"耶悉茗花在中国史籍中的记载，最早见于晋代《南方草木状》："耶悉茗花、末利花皆胡人自西国移植于南海。南人怜其芳香，竞植之。"此处"末利花"即茉莉，而"西国"指的是古波斯国。唐代《北户录》曰："耶悉茗花、白末利花皆波斯移植中夏。""耶悉茗"一名便来自古波斯语yasmin，英语为jasmine。富有意味的是，尽管在波斯语、阿拉伯语、英语等语种的语义中，yasmin皆兼指素馨与茉莉，但在汉语里，"耶悉茗"一词却特指大花茉莉，亦即素馨。无论在《南方草木状》或是唐代的《酉阳杂俎》《北户录》等书中，茉莉和耶悉茗都是并称的两种不同的香花。

耶悉茗后来逐渐改称素馨花。除《能改斋漫录·方物》中记载的"以白而香，故易其名"之外，关于"素馨"二字的来历，民间另有一个艳丽的传说：五代时南汉后主刘𬬮的宠姬素馨是珠江南岸庄头村的莳花女，极爱耶悉茗花，刘𬬮便令宫中广植耶悉茗。素馨病逝后，葬于庄头村花田之侧，刘𬬮亦命人植耶悉茗花于美人冢上。因"耶悉茗"三字拗口，人们便索性将此花易名为“素馨”。这个说法流传甚广，细究起来却经不起推敲，因汉代陆贾所著《南中行纪》云：“南越百花无香，惟素馨香特酷烈。”可见素馨一名，在汉代便已流传。恐怕因为美人与香花总有相似，人们才在一个雅洁的花名中，附丽上美人芳魂的传说吧。在当地人心里，这位美人俨然素馨花神。屈大均云素馨“其神为南汉美人，故采摘必以妇女”。素馨死后，其坟墓便叫“素馨斜”。屈大均在《广东新语》详细记载了“素馨斜”的地址：“素馨斜，在广州城西十里三角市……至今素馨酷烈，胜于他处。以弥望悉是此花，又名曰花田。”

除“素馨斜”外，广州还有两处与素馨花相关的地名。一是花渡头。《广东新语》记录：“在五羊门南岸，广州花贩，每日分载素馨至城，从此上舟，故名花渡头。花谓素馨也。”一是流花湖。南汉宫中宫女每早起身梳洗，将簪过的素馨花弃于河内，花随流水漂出，成团成簇，积满下游的湖泊，这便是流花湖的由来。

当时明月在，曾照彩云归。这种开时“遍野皆香”的小白花，曾在两千多年的时光里让岭南人为之迷醉。早在汉代，岭南儿女便喜以素馨为饰，“无分男女，有云髻之美者，必有素馨之围”。南宋《岭外代答》中记载，广州人将素馨花“以竹丝贯之，卖于市，一枝两文，人竞买戴”。屈大均在《广东新语》中更是极写花开时节的盛况：

珠江南岸，有村曰庄头，周里许，悉种素馨，亦曰花田。妇女率以昧爽往摘……城内外买者万家，富者以斗斛，贫者以升，其量花若量珠然。花宜夜，乘夜乃开，上人头髻乃开，见月而益光艳，得人气而益馥，竟夕氤氲，至晓萎，犹有余味，怀之辟暑，吸之清肺气。

当时的岭南女郎还以素馨蒸油取液，制成面脂头油，又以彩丝串起茉莉与素馨，绕在云髻上，名曰“花梳”。将素馨用丝线穿扎成球，“以挂复斗帐中，虽盛夏能除炎热，枕簟为之生凉”。当宴会酒酣耳热之际，“侍人出素馨球以献客。客闻寒香，而沉醉以醒，若冰雪之沃乎肝肠也”。

素馨最别致的供养法，大约是串成花条穿作花灯，使花香随燃灯热力缓缓散发。屈大均谓素馨开时“一时穿灯者、作串与璎珞者数百人”，制成的素馨灯“雕玉镂冰，玲珑四照”，为“天下之至艳者”。

曾令“满城如雪，触处皆香”的素馨花集究竟美妙到何等地步，只能对着昔日的记载凭借想象去描摹了。彩云易散琉璃碎，广州城如今难觅素馨消息，而新一辈的广州人，大部分不知素馨为何物。当年城中素馨的主要产地，一在今日泮塘一带，一在河南庄头村。近代以来，因战乱频仍，素馨产量渐渐缩减，而真正让广州素馨陷于灭顶之灾的，是上世纪五十年代的工业化大跃进运动。新开辟的工业大道贯穿庄头，一座座工业厂房随后竖起，“珠悬玉照、数里一白”的花田被夷为平地，最后一片素馨亦被碾作尘土，自此无处可寻。

祖籍广州的一位女友曾说起家中老人的回忆：“从前夏夜乘凉，吃过夜饭，到渡头叫一叶小舟，沿着水网纵横的河涌一路慢慢摇去，两岸都是素馨的暗香浮动。”前年夏天，终于获悉庄头公园与十香园又种上了素馨，皆是自乡间村民处移植、繁衍而成。八月一个午后，与小熊驾车前往位于海珠区江南大道中怀德大街的十香园，只为贴近那一缕神往已久的香魂。十香园是晚清花鸟画家居巢、居廉的故居及作画授徒之所，因园中曾植有素馨、茉莉、夜合、小含笑、金粟兰、米兰、夜来香、桂花、月季、指甲花十种香花，故名。那日的十香园人迹罕至，园中一株极大鸡蛋花树开满了花，不时有黄心的白花打着旋儿落到草丛，琴叶珊瑚开得正好，明艳照人。我们迤逦而行，照着名牌的指示，一一找到诸种香花，唯独不见素馨。后来，在园内一位工作人员的指引下，在一个角落寻到两株小小的植物。纤丽窈窕的枝条，对生的卵圆形翠叶，并无花朵，面前也并未挂名牌，风过处柔枝轻拂，一切恍如梦幻。“园里只有这两棵，前几天开过几朵花，现在都谢了。”热心的年轻人告诉我们。据说庄头公园的素馨亦只是寥寥几丛，纤细寒瘦。“花时弥望如雪”的清丽繁华之景，想是永绝人间，再不复返了。

眼前的两株素馨旁都插上了竹竿，将柔软枝叶轻轻扶起。李渔谓素馨为“花之最弱者也”，因其“无一枝一茎不需扶植”。大约在世人眼里，素馨原只是弱弱的一缕芳魂吧。我却深信她骨子里是烈性的蛾眉。自从被深深伤害，她便毫不犹疑地绝尘而去，纵使重返人间，亦只剩一种萧瑟而遗世独立的姿态。

梦入芙蓉浦

农历六月廿四傍晚，在街角遇见卖花人，筐里正好有一束荷花苞。买回来插在细长的白瓷花樽里，灯影下亭亭直立，很好看。粉色骨朵清香饱满，要再有几支菖蒲叶，画面会更生动。六月廿四是荷花生日。

百花生日在农历二月十二，亦即花朝节。荷花却另有自己的生日。记忆里另有生日的除了荷花只有菖蒲。四月十四为菖蒲诞。荷花诞是江南旧俗。据说苏州城乡多植荷，六月廿四本是观莲节，后来就被苏州人索性当作荷花生日了。袁枚《随园诗话》里说："吴俗以六月二十四为荷花生日，士女出游。"顾禄《清嘉录》记载："是日（六月廿四）又为荷花生日。旧俗，画船箫鼓，竞于葑门外荷花荡，观荷纳凉。今游客皆舣舟至虎阜山浜，以应观荷节气。或有观龙舟于荷花荡者，小艇野航，依然毕集。每多晚雨，游人赤脚而归，故俗有'赤脚荷花荡'之谣。"对此番情状，吴江人蔡铁耕的诗描摹得很诙谐："荷花荡里龙船来，船多不见荷花开。煞风景是大雷雨，博得游人赤脚回。”其实荷花与梅花一样，是要清清静静去看的花，倾城而出观莲，大约意兴已不在莲，而在赶热闹与看人，荷花不过是游冶狂欢的一个风雅借口罢了。倒是张远的《南歌子》有几分闹中取静的闲趣：“六月今将尽，荷花分外清。说将故事与郎听。道是荷花生日，要行行。粉腻乌云浸，珠匀细葛轻。手遮西日听弹筝。买得残花归去，笑盈盈。”

当年葑门外的荷花荡几经填湖造田已渐渐消逝，苏州人爱荷的风气却未改。拙政园如今年年有荷花节。有一年七月在苏州正好赶上荷花节。江南的暑热相较于岭南更为密不透风，那日拙政园蝉声如潮，人像热浪里一只晕头转向的船。可能因为酷热，园中人很少。塘荷缸荷碗莲静静开放，映衬着花窗粉墙垂杨怪石，格外洁净，让人感觉到一丝阴凉。

印象里赏荷总与炎天热地交织在一起。大前年到三水荷花世界，进园时已是上午九时。园中一位阿伯看我们一行人个个手抓大相机，忽然说一句：“来迟啦，人家来照相的都是天没亮就到了，那时候拍荷花才好看。”几个人讪讪应声，深觉自己对不住几百亩开得正盛的荷花。果然大太阳晃得人眼晕，荷叶荷花上的清露早被蒸干。所幸走在水面迤逦的桥廊上，微风时时送来雅淡的荷花香。

三水荷花世界盛夏时游人最多。其实稍迟一点还能赏秋荷，摘莲蓬。年年夏天都要买莲蓬剥了吃，是我怀念故乡的仪式之一。从前在家乡经常能吃到鲜嫩的莲蓬，莲心用来泡莲心甘草茶，要用高高的玻璃杯泡，一芽一芽碧绿莲心浮浮沉沉，清气满杯。

再迟一些，到冬季，荷花世界里可观残荷。一直心心念念要去拍残荷。残荷枯荷都美，灰褐暗黄里深藏西风的萧瑟沉郁。是故南唐中主李璟写“菡萏香销翠叶残，西风愁起绿波间”，下笔便成千古佳句。汪曾祺先生有一篇《荷花》，写家里养的缸荷，很短的篇幅，清淡传神。最后两段：“荷叶枯了。”“下大雪，荷叶缸中落满了雪。”寥寥数笔，情致如画。

今年六月中旬如杭，幸运地赶上了清凉润泽的好天气。去曲院风荷时下雨，雨打圆荷，清丽动人。荷花只开了很少一部分，透迤湿翠里点点粉光。一路撑着伞也觉得惬意，总算在阴凉天气饱看了一回荷花。走到苏堤时雨渐渐收了，垂杨轻摆，远处青山隐隐，湖面水汽氤氲，如同巨幅的水墨山水。不时看到大片的田田荷叶，零星开着粉荷花，几只飘荡在水上的船仿佛随时会误入藕花深处。

去郭庄那天天晴了。里面正在准备一个荷花展，苏池边、回廊上摆了许多不同品种的缸荷，苏池里的荷花也已初开。回廊上的荷花映着粉墙，工笔画一般细致。塘中清波上，正好有两朵出水红莲，相依相偎。蜻蜓飞过来，在花上停驻片刻，又款款飞去。我对着两朵半开的花拍了许久。郭庄庭园内轩阁玲珑，绿径通幽，秀巧雅致，不料转过一道长廊，碧水长天扑面而来，视野豁然开朗，远远望得到对面的苏堤。此处湖中也有一片莲叶莲花，近处的圆叶清晰倒影在水中，翠光流转。后来坐船去苏堤，蓝天白云十分明丽，湖面水光粼粼。荷蕊香只是薄薄一层，均匀晕染在水气中。湖风初得水芝意，像个初恋的少年，有点醺醺然，有点飘飘然，有点手足无措四顾赧然。再没有比荷香更清远的香气了。

那晚睡在西湖边的酒店，做了一个梦。梦里水色苍茫，一对粉色蝴蝶翩然飞去。总是做梦梦见花花草草，颜色无比幻丽，梦见蝴蝶却是第一回。清晨醒来，忽然回过神来：这对蝴蝶，该就是白天看到的那一对红荷吧。江南晨曦里，我像庄周一样迷惑：究竟是荷花变成了蝴蝶，还是蝴蝶变成了荷花?

后来，忍不住将那对纤蝶写进词里：轻妆照水凝思。檀心微漾谁知。今夕回塘梦里，栩然蝴蝶双飞。

我觉得终于把梦拈住了。

水鬼蕉

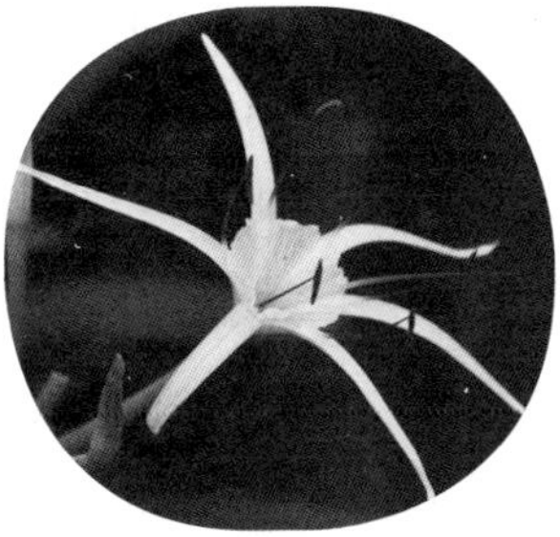

水鬼蕉在广州随处可见。六月七月，硕大的白花自暗绿叶丛中伸展出来，自有气势。这种花花形特别，像一只漂亮的雪白大蜘蛛。花冠分两层，主冠是六片细长的线形花瓣，彼此之间分得很开，如蜘蛛的长腿；主冠之上的副冠则呈漏斗形，恰似蜘蛛身。亭亭的六根花蕊顶端闪动着艳丽的橙黄花药。水鬼蕉的花与文殊兰极为相似，但最明显的分别是文殊兰花并无副冠，只有线形花瓣。

六月底一个黄昏，在火炉山森林公园邂逅大丛的水鬼蕉。彼处视野开阔，黛色远山起伏着温柔的曲线，近处是深深浅浅极富层次的绿。渐渐迫暮的天色下，延绵不尽的白花格外明亮，纤长的花瓣舒展得恣意张扬。其余颜色渐渐沉寂在越来越深浓的暮色里，唯有这许多线明明的白愈发跳脱出来，逼着人的瞳。那一刻，忽然觉得这名中带着“水鬼”二字的植物的确有一份诡艳。

水鬼蕉又名蜘蛛兰。叫蜘蛛兰，自然是因为形似蜘蛛，且有香气。但水鬼蕉一名因何而起呢？一直查不到个中渊源。故乡是水乡，因此自幼便对“水鬼”一词极为敏感。夏天回老家，七乡八村总有几个往河里湖里游水的小孩被淹死，因此哪家孩子若是喜欢整日泡在水里，家里人是要骂的：“你就不怕落水鬼扯脚！”“落水鬼”遂成为童年的恐怖词汇之一。究竟落水鬼是什么样子的，谁也说不上来，只模模糊糊觉得，大约是长发披散，蹲在沁凉的水底，时时伺机伸手去扯游泳小孩的脚踝，以给自己找替身吧。但水鬼蕉与水鬼究竟有何瓜葛呢？这种植物甚至并非生于水中。

“水鬼”似乎也有温暖而富于人情味的。老版《聊斋》系列剧里，便有一个有情有义的水鬼。那部剧叫《冥间酒友》，由原著中《王六郎》一篇改编。儿时父亲是不准我们多看电视的，但若播《红楼梦》《西游记》《聊斋》，或是假期播香港武侠片，他会陪我们一起看。我看了电视片之后才读的《聊斋志异》，发现原书酸腐之气甚重，品格并不高，改编为电视剧时已做过一定的净化。《王六郎》在原书中算是干净清透的一篇，《冥间酒友》将一人一鬼两个男人之间的友情演绎得颇为动人。

父亲极爱《冥间酒友》一剧。他亦嗜酒如命，有一回亲自往乡间沽了乡人自酿的极为清醇的谷酒，每日注满办公室的大茶缸，工作间隙便喝一大口，一天足可喝完一缸。喝了酒的父亲精神倍加爽利，毫无醉意。后来有人拿那只茶缸装满水称了一下，足有一斤半。印象里父亲独饮的时候多，与人同饮的时候少。有时候在家中喝至微醺，便长长地感慨一句：“几时我也有个冥间酒友陪我一起喝酒就好了！”小时候觉得这不过是一句荒诞不经的玩话，很多年后想起，心里忽然难过起来。

也许因为有一个有情有义的水鬼的故事作底色吧，我对水鬼蕉总有一种温柔的亲切感。每每见到这伸展成丝丝缕缕的白花，便会想起许多艳异、深情与寂寞的故事。

紫锦绯霞

夏至过后，终于轮到紫薇占领半壁江山，满城皆是紫锦绯霞。淡黄深红的鸡蛋花，桃红嫩粉的夹竹桃，亮闪闪的琴叶珊瑚，金色铃铛般的软枝黄婵，全部退让成彩虹般的背景。杨万里咏堂前紫薇："晴霞艳艳覆檐牙，绛雪霏霏点砌沙。""晴霞艳艳""绛雪霏霏"八个字好看，有颜色，还有粉嘟嘟的质感。是以紫薇宜成片密植，一大片秾紫浅红，如一场阔大丰盛的红雪。

紫薇共四品——紫薇、赤薇、银薇、翠薇，以紫蓝色翠薇最为名贵。翠薇稀少罕见，常见的是紫薇、赤薇与银薇。紫薇的好处，在于紫、红二品中犹包含了深深浅浅若干色阶。如果每种花都有花神，紫薇花神大约是患有选择困难综合征的天秤座。调配花色时先取一点点粉，似乎清新有余鲜明不够，加深一点，再加深一点，又试着添入一丝丝蓝，再添点蓝……如此反复纠结，终于让紫薇的花色拥有了无数细微奇妙的变化。紫薇花形不耐细看，唯有色彩敏感度极高的人，方能真正领略到紫薇之美。

七月的一天，骤雨初歇，透亮的日光很快又洒落下来，雨后的天湛若秋水，棉花般的白云浮在绿树尽头。在车上望见道旁绿地上有一棵赤薇，开了满树花，红如略带紫意的胭脂。南风吹过，花枝款摆，在车水马龙的路上，忽然感到扑面而来的深深寂寞。深紫红的花色总容易让人惆怅。也有淡红的，美得毫无侵略性，柔婉如“自在飞花轻似梦，无边丝雨细如愁，宝帘闲挂小银钩”。秦观一些词全篇皆用羽毛般细柔的字眼，敏锐幽微到极处，正与粉嫩轻盈的花色类似。

还有一种浅紫色，比淡红还要美，且紫色愈淡，花愈明洁。我见过最好看的一株，长在二沙岛一个公园里。那一处有十几棵紫薇，皆为海棠红或淡红，唯有这一株，开了满树藕荷色的花。该怎样形容那种清丽无匹的颜色呢？小时候，故乡夏日的下半晌落过一场透雨之后，天色会忽然转为清亮，因为已迫近黄昏，所以并非日光直射下一览无余的明亮，而是一种氤氲在楚楚水汽里的、做梦般的澄澈洁净。那一树紫薇花的颜色，就是这般如梦如幻的清醇明净。我徘徊在树下，几乎想向花发问了：你用这不可思议的颜色，究竟想跟我诉说什么呢？

《广群芳谱》记录紫薇，文字很漂亮：“一枝数颖，一颖数花，每微风至，夭矫颤动，舞燕惊鸿，未足为喻。唐时省中多植此树，取其耐久，且烂漫可爱也。”此处“省中”指皇宫禁内。白乐天做中书舍人时，某一日在宫中值班，正值紫薇盛开，他写下一首《直中书省》：“丝纶阁下文章静，钟鼓楼中刻漏长。独坐黄昏谁是伴，紫薇花对紫微郎。”闲适寂寞又不免有几分自矜。紫微郎指中书舍人。唐开元元年（713年），唐玄宗将中书省改名为紫微省，中书令易名紫微令。在古代天象专用语中，紫微指紫微星亦即北极星，自汉代始便用来比喻帝王宫殿，中书省是设于皇宫内的全国政务中枢，被称作紫微省。

因“紫薇”与“紫微”同音，且花色艳丽经久不谢，紫微省定名后，省中便广植紫薇，紫微省被呼为“紫薇省”。后来紫微省之名废弃，复称中书省，但紫薇花已在皇宫内苑扎根，并被称为“官样花”，在官邸、寺院中广泛栽种。宋时承袭唐风，亦在宫廷广种紫薇。南宋周必大《入直》：“绿槐夹道集昏鸦，敕使传宣坐赐茶。归到玉堂清不寐，月钩初上紫薇花。”玉堂指翰林院，周必大曾为翰林院学士。陆游遭贬谪时，在偏僻之地看到紫薇，也曾赋七绝：“钟鼓楼前官样花，谁令流落到天涯。少年妄想今除尽，但爱清樽浸晚霞。”因为被当作“官样花”，在文人心里，紫薇总与仕途的得意或失意牵扯在一起，是以紫薇虽好，咏紫薇的好诗却极少。

还有一种大叶紫薇。广州多大叶紫薇，大叶紫薇不仅被作为行道树广泛种植，也是园林中的嘉景。大叶紫薇是乔木，花、叶、果均比紫薇的花、叶、果大，花开于枝顶，远望如织霞绣锦。那一抹紫色有的偏蓝，有的偏红；偏蓝的透着忧郁，偏红的似一晕粉霞。暨南大学有一处花园里，狡黠的园丁并排种了偏红紫与偏蓝紫两株大叶紫薇，相映成趣，正是宜嗔宜喜春风面。

我家窗外也有一排大叶紫薇。夏季枝叶极为繁茂，长成一道密不透风的绿色屏障，紫色花朵于枝顶绽放，一穗一穗向上直立，像树上燃点了无数根紫色的大蜡烛。黄昏时夕阳斜照在花枝上，光影迷离，恍如蝶梦。

大叶紫薇不仅花好看，枝叶也是一景。初冬花季过后，椭圆的大叶片渐渐转成朱砂般的红色，阳光下明艳欲滴。冬日的大叶紫薇，枝上叶一半暗红，一半深绿，绚烂如画。树上结着深褐色的球形蒴果，也十分可爱。前年正月初五往公园看牡丹花展，路过园中绿道，抬眼望见一株高大的大叶紫薇，整棵树只剩下一根细枝的末端尚有三四片红叶，簇拥在一起，像煞了一只欲飞未飞的红蝴蝶。我第一次知道将落的叶也会如此动人，斯情斯景，动人心魄，顿觉自然的馈赠是何等丰茂繁盛。

深冬至初春时节，大叶紫薇的叶基本落尽，自阳台望去一片萧瑟。待到旧历三月，枝上开始萌出新芽。开始是几小丛，像一个短短的预告片，很快便以燎原之势蔓延开来，几天之间便嫩叶满树。早发的新叶很快长成翠绿的一大片，嫩芽在翡翠丛中闪着银光。等到满树浓绿成荫，南方的炎夏也就悄悄来临了。

小时候在故乡，小山丘上夏季会开出数丛粉红的花，花瓣基部有细细长柄，皱缩的六瓣围成小小花盘，圆溜溜的饱满花苞亦十分可爱。每次路过，都忍不住要折几枝带回家。当地人叫作“宝石花”。在儿时熟悉的野花中，宝石花是很好看的一种，因此印象深刻。长大后认得了紫薇，与记忆里的宝石花极为相似，便认定宝石花即是紫薇了。直到看到《植物名实图考》中的“拘那花”一条：“江西、湖南山冈多有之，花、叶、茎俱同紫薇，唯色淡红。丛生小科，高不过二三尺，山中小儿取其花苞食之，味淡微苦，有清香，故名苞饭花。”我忽然想起，那几丛粉红的野花，或许是拘那花？乡人所谓“宝石花”，也许便是“苞饭花”之误。在书中查到，拘那花亦属千屈菜科，又名九芎、小果紫薇，花多为白色，亦有淡红色；多为野生，茎叶花果都比紫薇小。我只记得那几丛花十分好看，却不记得究竟长得多高了。因为一直呼为“宝石花”，它们在印象里总是闪烁发亮的，就像无数倏忽而逝的美好光阴，晶莹，透亮，却再也不可采摘。

风摇青玉枝

读李德裕的《春暮思平泉杂咏二十首》，其中有一首《竹径》，前四句是："野竹自成径，绕溪三里余。檀栾被层阜，萧瑟荫清渠。"一霎时又喜悦又惆怅，仿佛看见成片蔚然深秀的绿浪，团团的起起伏伏，忠实勾勒着风的形状。李诗说的是洛阳景致，我想起的，自然是湖湘之地的竹海。

湘中多翠竹。在家乡，几乎家家户户的庭前屋后都有那么几丛竹子。外婆的屋前，一左一右有两座齐人高的土丘，上面长满树木，如同两架高大的翠玉屏风，围出一个清静的院落。左边土丘上长着杉树、苦楝树和香樟树，右边就是一大片水竹了。小时候年年暑假都往外婆家消夏，每天一早起身，洒扫庭除，先将堂屋大圆桌上的茶具细细清洗一遍，再清扫整个院落，将落叶扫作一堆，装在簸箕里倒往后山去。我沉迷于用大竹笤帚扫地的感觉，"哗"一声过去，一大片地立时干净清朗如白纸，极有成就感。做完清洗茶具和扫地两项，有时便搬一把凳子上土丘，坐到水竹林里晨读。晨读自然不过是个借口，亲近竹叶间的凉气和天光云影才是真。水竹生得纤细秀丽，外公外婆煮早饭的香气自后屋飘来，透过翠色枝叶看得到晨曦落在屋前的水塘上，水面泛着柔细的波光。

更小一些的时候，坐在竹林里，时常掐了竹叶折小船玩。不记得是谁教我折的。将竹叶的两端各折进半寸，再顺着叶上的纹路，将两端折叠的部分各撕成大致相等的三片，然后将三片中侧边那片塞入另一侧那片的夹层之中，稍稍固定好，一只两头翘起的简易小船就做成了。我常常一次折好几只，再一只只放入小水塘里。水上的波纹一漾一漾，绿色小舟渐渐都漂远了。周围同龄的孩子少，我的游戏大都是安静又寂寞的。春暮夏初时候，野蔷薇开得一蓬一蓬，时常折下几枝水竹枝，将还未展开的新叶抽出来，再把嫩红粉白的蔷薇花插到竹叶抽走后余下的空隙里去，举在手里就像竹子开了满枝的花。

竹子光滑，因此爬竹子比爬树容易。有一年小学体育考试，忽然添了爬杆一项。身边的同学大都轻快地爬到了杆顶，剩下从未历经过此项运动的我呆立一旁。那一项考试得了零分。对于十岁的我，这不啻是人生重大的挫败。暑假刚到外婆家，我便央外公到附近找个相熟的学校，好让我去体育室练习爬杆。外公哈哈一笑，指一指后山。

后山是一丛楠竹，修长挺拔，到高处才生发枝叶，下边一大截光润碧绿，泛着幽光，如青玉一般。我立时就开始练习爬杆。记不清是怎样学会的，那时身体那样轻盈，大约很快就能噌噌噌几下蹿上去了吧。渐渐熟练了，便翻出许多花样，上到高处时侧身抱住旁边一棵竹子，迅速将整个身体转移过去，如此再挪到第三、第四棵竹子上，想象自己是武侠小说里轻功绝佳穿林走叶的高手。需要观众时便下山请外公外婆来看。他们总是笑眯眯一路小跑着上山，兴致盎然地仰头看我表演，嘴里连连喊着：“小心些，别摔了！”我愈发得意，搂紧竹竿左右晃动起来，在半空中划出一道道弧线。后来，我在最喜欢的一竿楠竹上刻下自己的名字，妹妹也拣一根刻下名字。表弟表妹们偶尔回乡，到竹丛嬉戏，看到我们的名字，便也一人挑了一竿竹子，刻字为记。

直到现在，与同事结伴出游，遇上野外的大片竹林，我还会指点着竹子对他们说：“以前我几下就能爬到顶上去的！”他们会吃惊地问：“真的吗？”看到他们脸上写满不相信，我真想跳下车踢掉鞋子，现场演示一番。不过，现在的我，或许已经爬不上去了吧。

家乡竹子多，所产竹席颇富盛名。好的竹席清凉温润，且能越睡越凉。不过在最热的暑天，我们连竹席也不用，直接睡竹床，家乡叫竹铺。很小的时候，晚上外公把竹铺搬到屋子斜对门一个空旷有风的地方，我与妹妹躺在竹铺上，外公外婆坐在一旁轻轻为我们扇风。渐渐地乘凉的人来得多了，大人们开始闲聊。萤火虫在草丛一闪一闪，缓缓流动，我便下床举着扇子扑萤火虫，等抓到手里，忽然想起这毕竟是一只虫子，心里毛毛的，手一松便将它放走了。田间有亮光一闪一闪，那是小伙子们擎着手电在照青蛙。夜风拂过水稻丰腴清新的香气。后来乘凉不再出院门了，将电视机挪到院中，竹铺也搬到院子里，人们还是习惯打着手电筒来坐夜人家，聚在一起看电视闲话。有一回亚平表舅舅端着饭碗就过来了，米饭上盖着炒得香喷喷的坛子菜，他吃得那样有滋有味，我与妹妹早吃过晚饭，此时也吵嚷着要吃。外婆重回厨房开火，我与妹妹竟又吃掉了一大碗炒饭和一小碗猪油炒的酸干豆角和紫苏叶，一院子的人都笑了。后来再没有吃到过那么香的白米饭和坛子菜。

更多的时候，我们还是在一旁安安静静听大人闲话的。躺在竹铺上，一天都是密密的星，第二天一准又是个响晴的天。看得久了，星星仿佛都朝我蜂拥而来，一眨眼，它们又远了。大人们摇着蒲扇说，今年春上雨水太勤，早稻收成倒不如去年好。又说，某家的孩子读书用功，邻居上他家敲门借东西，他拿了东西从窗口递出去，笑一笑，依旧回桌边看书，他是怕开了门，人家进来闲聊耽误工夫呢。有人便啧啧连声说，这家将来要出状元郎了！听着听着，耳边的语声渐渐朦胧起来。待外婆将我拍醒让我回屋睡觉，才发觉人客不知几时已散尽了，夜风簌簌吹过竹林，沁凉入骨。

去年夏天回到家乡，土丘上的水竹大都只剩下短短的一截。外公说，怕外婆被蚊子叮，所以请人把竹子砍掉了。竹子是很易生蚊子的，而外婆的睡房又正对着小竹林。抱恙以后，她走动的范围越来越小，终于大部分时间只在睡房静养。彼时院子前有一大丛野草，开出大蓬的白花，外公说，过一阵子这些草也要烧掉，不然也会生蚊虫。我听了，胸口似乎有满满的话，却一句也说不出来。土丘边尚余一丛水竹，碧绿清秀，风摇青玉枝，晶莹雨珠不时自枝叶间坠落。我只有怅然地沉默了。

天河公园里也有一大片竹林。我到公园散步，常常不知不觉就走到了竹林边。有竹子的地方总比别处清幽，斑鸠在林子深处咕咕地叫，那声音也是绿色的。有时遇上大风天，竹枝起伏如碧浪。我想着到了静夜，风摇碧竿，叶叶声声，不知是怎样一番情致呢。外婆最是缠绵善感，从前她跟我说最怕夜里听风吹树木的声音，因为让人心生悲凉。好多年前的一个冬夜，天降大雪，北风劲吹，后来又闻得“咔嚓”之声，外婆躺在床上念叨说，定是后山的竹子叫雪压断了。如此听了一夜风雪。翌日一早雪后初霁，外婆便催外公上山探看。外公上到后山，果然有竹子被压折了，唯刻着我们兄弟姊妹名字的那几根却安然无恙，急忙下山说给外婆听，两个人都十分欢喜。后来每每听见风吹竹林的声音，我就想起这个故事来了。

鸭跖草

鸭跖草是自小便熟稔的一种植物。那时候只知道叫竹叶草，因为叶子与竹叶相似。竹叶草长在路旁尤其是水边的青草丛里，并不引人注目，但夏季会开出蓝色的小花，就格外令小孩子发生兴致了。竹叶草的花很精致，两片碧蓝花瓣像米老鼠耳朵一样趣致地竖起，其实竹叶草是三瓣花，只不过第三瓣是白色的，很不起眼，一眼看去仿佛只是两瓣。黄色的鲜亮花蕊，长长的白色花丝舒卷如蝴蝶触须，整朵花像一只美丽的小昆虫。有时我会折一大把沾着露水的草花带回家，竹叶草夹在其间，碧蓝花瓣在外婆家堂屋的光线里一闪一闪。

好多年后，在网络上邂逅了许多爱花成癖的同道，时时将花花草草的照片传上来分享。在一大堆图片里，我忽然看到了竹叶草，并且知道了它的大名叫鸭跖草。这秀气的草花与鸭掌究竟有何瓜葛不得而知，所幸它有许多好听的别名，譬如露草、小青、碧蝉花。碧蝉一名最是古典，像一块温润油绿的玉。古人常用的似乎是碧蝉花这个名号，宋代杨巽斋便有一首《咏碧蝉儿花》："扬葩簌簌傍疏篱，薄翅舒青势欲飞。几误佳人将扇扑，始知错认枉心机。"读了心有戚戚：觉得竹叶草花似昆虫的原来不止我一人。小青二字温婉家常，像一个碧衫姑娘，挽着竹篮娉娉婷婷下到水塘去浣衣。露草则带着几许伤感了，容易让人想起"譬如朝露，去日苦多"，又或者"人生如朝露，白发日夜催"，还有小林一茶的俳句："露水的世啊，虽然是露水的世，虽然是如此。"之所以别称露草，是因为竹叶草花开短暂，这种美丽的蓝花顶着晨露吐葩，只开一个上午，近中午时便凋零了。

鸭跖草还有一位堂姐妹，叫饭包草，也是鸭跖草科植物，与鸭跖草极为相像。饭包草名字不雅，蓝色小花却极秀丽。小时候常见到，却一直以为那不过是花开得小些的竹叶草。有人特意将鸭跖草与饭包草的照片传上网，又作仔细的比对，我才晓得两种草花还是有区别的。例如，鸭跖草花花瓣为卵圆形，三片花瓣两蓝一白，而饭包草花花瓣为倒心形，三片花瓣均为蓝色；鸭跖草花花丝为白色，而饭包草花花丝为蓝色，如此种种。饭包草已是多年不曾见到了，网络上有人将花朵的特写拍得非常清晰，像一粒微光闪动的蓝宝石。

其实让我又惦记起鸭跖草的，是德富芦花那篇《碧色的花》。喜欢碧色的芦花娓娓说起龙胆花、矢车菊、千鸟草花，末了写到碧色草花中"最为多情"的露草：

露草又名月草，萤草，鸭跖草。这种草的姿态没有什么看头，惟有那两瓣花儿，倒也不像完整的花，仿佛是被调皮的孩子揪掉的碎片，又像小小的碧色的蝴蝶停在草叶上。这种花寿命短暂，开放在有露的时候。然后伴随那浮泛出金粉般黄色的花蕊而漾溢出来的鲜丽的纯碧，却是无与伦比的秀美。把露草当作花儿是错误的。这不是花，这是表现于色彩上的露之精魂。那质脆、命短、色美的面影，正是人世间所能见到的一刹那上天的消息。

我很喜欢这一段，曾在初夏的黄昏借着半明半暗的天光一遍遍咀嚼。说起来世间草木有哪样不是自上天传来的神秘美丽的消息呢？只可惜张狂粗糙的人类渐渐不懂得接受这喜悦又庄严的信笺。

此后，在公园的水边、大学的湖畔，总是不自觉地寻找着鸭跖草的踪迹，然而总是失望而归。所住小区的附近，有一大片被开发商闲置的空地，渐渐长成一片荒园，密密的狗尾草，高高低低的青葙举着紫色的穗，蟛蜞菊开成金闪闪一大片，五爪金龙紧紧缠绕着构树的枝干，自夏至秋都开出紫色的喇叭花。但还是看不到鸭跖草，或者鸭跖草在岭南原本就少见？

重新见到鸭跖草是去年仲夏回乡，在老屋门前的水塘边。旁边的水稻田里有人用机器收割水稻，田埂上长着大蓬大蓬鲜绿润泽的青草，恬静晓风里有甘甜的香气。偶尔间一低头，看到草丛里闪动的蓝光，像数只停在草尖上的楚楚蝴蝶。我蹲下身，那蓝色真明净啊，是沾满了露珠的清晨一个尚未逝去的梦。鸭跖草花的蓝是可做染料的，据说古时日本人捣碎鸭跖草花提炼染料，染出的色便称为“露草色”。《花镜》里似乎也有以鸭跖草花做颜料的相关记载。后来查了一下，《花镜》里说的是：“淡竹叶一名小青，一名鸭跖草……紫茎竹叶，其花俨似蛾形，只二瓣，下有绿萼承之，色最青翠可爱。土人用绵，收其青汁，货作画灯，夜色更青。画家用于破绿等用。”其后的注解曰：“夏日茎梢开花，花下有大形的叶状苞，花盖二片，呈蓝色，供观赏用。花盖片的青色液汁，可供绘画的颜料。”

然而这样好的清晓与花，我却忘了用镜头记下来。只在临行的那一天清早，给外公外婆拍了照。其时晨曦如醉，山与树与水泛着细腻的柔光，一只鸟飞来停在老屋的屋檐上，在逆光里格外动人。车子开动时我才想起，怎么忘了拍一张鸭跖草的照片呢。那时外婆抱恙已三年，外公因为照顾外婆也清减许多，而他们又坚决不愿请看护。似乎是源自老人固执的自尊，不愿意被伺候，不愿让人看到日益迟缓的行动。外婆不适时小熊过去搀扶她，那样的状态里她依然要转头艰难道声“谢谢”。回乡几日我心里一直像有什么堵着。因为身体缘故，外公外婆退休都早，外婆更早。回到老屋以后，他们仿佛吸取了山河草木的灵气，身体倒渐渐硬朗起来。然而这几年，衰老还是不可阻挡地袭来了。这里依旧是儿时的我最依恋的所在，然而分明又不是了。坐在车里，我想着水塘边的鸭跖草，此刻一定又开出寂寞的蓝花，在透明的晨光里闪烁不定。

今年依然在夏季归乡。外婆的精神比之去年，仿佛倒好了一些，我也稍稍放下心来。回老屋的翌日一大早，穿着碎花的棉布睡衣便往外走，在路边的草丛里细细搜寻。真的有，一朵，两朵，三朵，四朵，都是轻扬欲飞的姿态。其时四野无人，我便放心蹲下身仔细拍特写。给人看到这场景，一定要笑的。有一年回乡过年，镜头刚对准一株开满白花的茶树，就有路人微微笑着问：“这个，也好看吗？”真的，这些原本不过是最寻常的草木，只是因为生长在我所依恋的地方，便觉得它们格外婉秀温柔。后来换了衣服，跟着外公去配炖汤的药材，一路走过深绿浅绿的阡陌，新栽的晚稻秧苗青翠欲滴，路边开着狗娃花、紫蓝的牵牛，黄栀子的枝上结着青碧的果。白沙河上正在修一座新桥，外公执意要带我上桥边的高处看一看对岸的风景。我们穿过工地，他将我拉上一个小土坡。放眼望去，真的清景无限。远山如黛，白墙黑瓦的房舍掩映在湛湛然的浓碧里，一泓一泓的小水塘里倒映着天光云影，路边的瓜棚里，丝瓜藤上开着大朵的黄花。外公说："等你们下次回来，新桥就该建好了。"他又说起，五月我在电话里说要回乡，当夜他便做了一个梦，恍惚回到许多年前，带着我与妹妹在屋前屋后玩耍。我却记得有一年夏天，外公常带我们到桥边的小杂货店买一种香糯的粉糕，那糕点半边粉白半边水红，是童年的我吃不厌的美味。

我们是在第四日的下午离开旧家的。碧色乡关在车窗外渐渐远去。想起外公说，太阳这么大，第二天一早定要去浇菜了。小时候外公浇菜，我常常跟在旁边。傍晚时分，西边的晚霞不断变幻着颜色，先是亮丽的橙红，渐渐变成迷离的蓝紫，最后变作深沉的灰蓝。在悠长的日落里，我总想用水彩笔把这一切都画下来。有一回天气忽然转凉，我换了一件新的淡绿长袖衫子，领口有精致的同色绣花，还缀着洁白的珠粒。外公夸这件衣裳好看，又说："你站久一些，陪着外公吧。"他一边从水塘拎水，一边不时看看穿新衣的我。我忽然觉得自己真是很好看的，在霞光里不免也欢喜和矜持起来。明朝纵然我已不在此地，晨光中宝石般的碧蝉儿花，一定也会开遍耄耋外公拎着水反复走过的路上吧。

紫苏

员村三横路蔬果市场入口处，夏季里常有个女人在卖薄荷与紫苏。每次遇上都要买几大把紫苏，放家里慢慢吃。薄荷叶从前吃鱼生时配过，却并非我所习惯的食材，除了做鱼的时候配搭一下，也不懂其他吃法。

紫苏可算是我最喜爱的香菜。烹饪时可凉拌可熟食。紫苏叶一片片摘下，热水焯一焯，青瓜冰镇过，去皮，切薄片，与紫苏叶加醋、糖和盐一起拌，稍稍腌渍，有玉洁冰清般的口感。皮蛋切瓣，加紫苏丝、红绿辣椒丝、酱油、醋、糖、盐，再滴两滴小磨香油，紫苏香与芝麻香水乳交融，缓缓带出皮蛋独有的鲜味。

紫苏也可以蒸排骨。排骨剁小块，飞水，紫苏、姜、蒜切碎，撒在排骨上，加花生油、酱油、酒、糖、盐，放几颗话梅，拌匀腌渍二十分钟，再蒸十五分钟，出锅撒上葱花即成。可以焖鸭。鸭子去皮，切块，飞水后用姜、蒜、料酒稍稍腌制，姜、蒜、紫苏一道入油锅炒香，随后放入鸭块一起炒，加盐、糖、酱油等调味品之后加适量水焖二十分钟即可。紫苏焖鸭香而不腻，盛夏吃能清热去火。紫苏还可煎鸡蛋，这个简单，切碎的紫苏倒入打散的蛋液里，加盐搅拌均匀，平底锅煎成两面黄。鸡蛋嫩黄里含着点点碎紫，清香扑鼻且鲜明悦目。

当然，紫苏绝佳的吃法是搭配各类水产。紫苏香辟腥，《本草纲目》记载，其茎叶还能“解鱼蟹毒”。家乡是水乡，自小几乎天天吃鱼，妈妈是做鱼的高手，无论香煎、红烧、清蒸或做羹汤都别有风味，烹鱼自然常用到紫苏，以至于我现在闻到紫苏香，舌尖上还会条件反射出故乡河鱼湖鱼的鲜甜。紫苏也是家乡做田鸡和黄鳝的必备佐料。有一次回老家，姨夫做了一道爆炒黄鳝。去骨后的黄鳝切小段，用紫苏、蒜、辣椒爆炒，滋味无可比拟。我很少吃黄鳝，这一回却大快朵颐。紫苏炒山坑螺，就是粤地一道有名的农家菜了。山坑螺肉质爽脆，加紫苏、尖椒、葱、姜、蒜、豆豉爆炒，有些店还加点酸笋，吮螺肉时，辛香浓郁的酱汁一齐入口，鲜美难言。每回往从化吃农家菜，必点紫苏炒山坑螺，搭配从化青梅酒，回味无穷。

紫苏也适宜腌渍。外婆年年做坛子菜，缺不了紫苏的点缀。坛子菜有两类，其一是酸泡菜，陶瓷泡菜坛注入冷开水，加盐、糖、醋、姜、鲜梅、甘草等调味品，再放入新鲜刀豆片莴笋块黄瓜条和紫苏梗叶，置阴凉处密封，几天后捞起来便可吃，是夏季消暑的佳品。连水带蔬果舀一碗，坛水甘香沁脾，清泉流齿，蔬果也各有酸脆鲜甜。紫苏叶在嘴里慢慢咀嚼，冰静的香气缓缓散溢。古代有“紫苏饮”，以紫苏与其他中药药材煎水而成。宋仁宗曾命翰林院评定当时各类汤饮的高下，紫苏饮被评为第一。加入了紫苏的酸泡菜水，可否算是潇湘特有的另类“紫苏饮”？

坛子菜其二为干腌菜，豆角茄子辣椒紫苏等蔬菜洗净切细，晒上几个大太阳，收入陶瓷坛中，拌上盐，压实。一两个月后开坛，舀一小碗炝炒，异香扑鼻，是清爽开胃的下饭菜。做坛子菜不仅工作量大，也考手艺。晒菜要掌握好力度，晒得不够，菜里水分太多会发酸，晒得太干，菜又干巴巴不好吃。腌制也有技巧，盐的分量要恰到好处。此外还要做好密封，坛盖上通常压一块磨刀石一类的重物，坛沿凹槽里注入清水，防止空气进入坛中，否则腌菜容易变质。腌好的坛子菜可吃一年。外婆性喜洁净，做菜过程一丝不苟：新鲜菜蔬以井水洗净；晒菜时罩上纱罩，以免蚊虫落到菜上；坛沿水用烧开过的清水。

做坛子菜是家里的大事。园子里新摘的菜蔬濯洗过摆得满几满桌，外婆立于大圆桌边切菜，蔬菜的青鲜气渐渐弥漫开来。我在一边愉快地胜任一些打下手的工作。暑期的电视台中午永恒播放着《西游记》或是《红楼梦》，半掩的大门外花气日影摇动，母鸡生了蛋，“咯咯咯哒”叫上一阵。切碎的菜慢慢堆得高了，我帮忙晒菜，紫苏香染在手上，经久不散。很多年里，外婆亲手做的坛子菜是家中一宝。

在家乡一些地方，坛子菜又被称作“外婆菜”，湘菜馆里通常都有“外婆菜”可点。我吃过几回，远不如家里的好，有时偏酸有时偏咸，往往又炒得太辣，吃得眼里浮起淡淡的雾气。外婆身体渐渐大不如前，再没有精力做坛子菜了，她的手艺却流传下来，妈妈舅舅小姨个个做得一手好坛子菜。舅舅们都住小别墅，有院子可以晒菜，爸妈住的房子大阳台也大，盛夏阳台上摆几个大竹筛，也可晒出一年的下饭菜。《诗经》里说“我有旨蓄，亦以御冬”，说腌菜是美好的储备。自从离家，坛子菜于我，成了矜贵美好的念想。每次回乡，必要带一袋坛子菜返广州，有回小舅舅将一整坛坛子菜连坛给了我，吃了许久。每次抓一点点，炒一小碗。坛子菜适宜荤炒，用猪油最好，这一顿的饭要用香米，稍稍煮硬一些，与坛子菜堪称绝配。每次炒一小碗这样节省的吃法，其实是为了防止吃太多饭，酸、辣、回甘，又浸润了紫苏香气的坛子菜，实在太开胃下饭了。

小时候家里要吃紫苏，妈妈便让我去野地里掐一些。那时的野地真大啊。我一路走一路玩，很快可摘得一大捧。外婆家的紫苏种在菜园子里，辣椒地边栽几棵，能长得很大，摘掉叶子很快又发新叶。吃不完的可晒干成干紫苏，做菜时香味不改。干紫苏现在是金贵东西，外公曾给我一大包，说是邻居送的，特意留给我。带回广州后，我装进陶瓷坛里，紫苏叶吃完了，坛子里很久还留着香气。

前年初夏回老家，外公请人钓了一条很大的水库鲫鱼，做了一大锅紫苏鲫鱼汤。外公外婆一年年老了，终于要请人来家里做饭招待我们，请的人手艺极佳，菜肴犹带风露日晒气。鱼汤放在圆桌正中，我埋下头深深呼吸，郑重地，确认了故乡的香气。

美人凭觞

寒露将至，前日途经天河公园西门，看到几株美人树发了满枝繁花，一霎时在日头底下也生出秋来风露侵衣之感。即使在全年气温变化幅度很小的岭南，季节更替的幽微况味也会像连串密码一样如期发向每一个人。这种密码无须破译，只须静静体味。中秋过后，风里的水分被秋阳收敛得恰到好处，于是溽热尽去凉净风恬。美丽异木棉是岭南第一缕明艳高邈的秋声。

印象里华师的美人树花开得最迟。假期回了一趟华师教师村，楼下两排美人树果然仍旧翠玉满枝，一朵花也没有，大约要到十一月中旬时才会繁花满树。婆婆从大夫山回来，说山里的美人树倒已开得很好，桃红粉白一派热闹。我能想象山中花开如绣的胜景。有一年十月底登白云山，山脚下便有几株美人树，那一日天清云淡，空翠染衣，碧色连天处远远一抹湘妃色，是旖旎清媚的秋思。

美人树是广州的秋花。北国的秋花是菊，读过郁达夫《故都的秋》的，还会知道“陶然亭的芦花”，以及“蓝色或白色者为佳，紫黑色次之，淡红色最下”的牵牛花。江南的秋花是桂。一入农历九月，豆瓣友邻的相册里，满觉陇的金桂银桂丹桂丰美亮泽，满地碎金，照片里也能嗅出江南秋味。华南秋意，则以美人树的满树繁花为发端。美人树一开花，即使气温依旧居高不下，空气湿度却在某一日的西北风里骤然减低，阳光也像被明矾刚刚淘澄过，物候微妙变化唤起熟稔的新鲜感，南国之秋悄然来临。

美人树大名美丽异木棉，原产于南美洲的巴西和阿根廷，上世纪九十年代初作为新树种在穗城被大力推广。此树属于不开花时我亦能一眼认出的树木之一，因其树干在底部稍稍膨大，恰似一只古拙的瓶子，十分有趣，因此又名酒瓶木棉、酩酊树，还曾听见有人索性直呼为“瓶子树”。别名酩酊树，恐怕既因树干形似酒瓶，亦有花开之盛景令人心中如醉的意思。受“酒瓶”“酩酊”的暗示，每每见到满树繁花如绘，我便想到持盏豪饮的美人，半醒半醉，拚却醉颜红。父亲嗜酒如命，若见到这种花树必定喜欢，可惜他不喜欢华南气候，总不愿来，偶尔来穗小住，又总不记得带他去看花。

既名美人树，花开时节的彩霞满天便可以想见了。美人树的花有素白、粉红、紫红等不同颜色，五片纤长的花瓣俏皮地稍稍翻卷，花冠中心有一圈粉白或淡黄的晕，晕上撒落或繁或疏的深紫斑纹，让人无端地觉着美得带些英气。开紫红花的美人树常被人误认作红花紫荆，其实细看区别还是很大的。美丽异木棉的花瓣偏于狭长，而红花紫荆的花瓣较为圆润；美丽异木棉的花心处为白色或淡黄色，雄蕊集中为纤长的一根，而红花紫荆的花为淡红色杂以紫色，生有多个雄蕊。美人树还有一个最易辨认的印记，或许美人往往多刺，美人树的树干上便密密生着锐利的钉刺，让企图折花之人望而却步，平添了几分“可远观而不可亵玩”的风骨。

华师有两株很有名的美人树，一红一白，是当年的老校长一九八四年在日本参加学术交流时所得之赠品，据说也是羊城最早的两棵美丽异木棉。女友思冲讲起这两棵树，说得很美：“华师花圃里那两株顶天立地的异花木棉，也曾在那个即将离别的冬天怒放。我们抱了相机钻过铁丝围栏，专为记下它的芳容。一树如俏雪寒霜，一树如霓虹落地，只那一年那一处，见过如此繁盛的花朵，恍如远行前的送别。”我年年在华师看花，都能看到几棵极大的开红花的美人树，却找不到开白花的。婆婆所住的高校教师村楼下倒有一株白花美人树，旁边又有两排开粉花的，都长得极好，大约是那两棵大树的子子孙孙了。

每年十一月到十二月，是华师美丽异木棉的盛花期。小道上两排粉花美人树开得惊心动魄，成千上万朵娇媚粉花铺天压地而来，呈现出一派水滴石穿、四两拨千斤的气势，让人记起“紫陌红尘拂面来”或是“美人如玉剑如虹”这样的句子。美人若在绰约风姿之外再带三分剑气，便格外惹人注目了。我总在一排排花树下徘徊不定，心里满是被震撼到绝望的迷惘——在这样一个锦绣天地间，我要做些什么？我又该往哪里去？开白花的美人树夜里看更好。远远望去，一树皎白如夜雪初积，明净得让人心里生疼。我曾在冰凉的夜风里于纷繁花枝下伫立良久，看得满眼皆是明皓皓。再没有比白色更艳的颜色了。

屈大均说“花到岭南无月令”，许多花皆是常年开放，但总有几种花树严格守着时令一年一开，忠诚地提醒着流年荏苒逝者如斯，譬如木棉、宫粉紫荆、美人树。我在花下每每惊动：这样快又是一年！美人树花期正值岁末，更让人容易萌生急景残年之感。有一回在高校教师村附近一个干涸的池塘边看对岸两株很高大的美人树，两棵树紧紧相倚，开一色的红花，那红色略深，十分明艳。整条路人迹罕至，我隔着池塘一个人看了许久。桃红的花瓣不时自树上坠落，秋阳寂寥，弥满天地。“一向年光有限身，等闲离别易销魂”，恐怕就是此等情境了。然而满树红花照眼明，庄严明净，如人世间的恩重情深，让人在惆怅之外也只有敛容正色，珍重端然。

二〇〇八年十一月底，连续数天我都外出看花。之所以特别记得这几个日子，是因为那段时间广州的天特别蓝，美如梦幻。拍了碧空下的美丽异木棉传上网，许多人都不相信真是广州的天空。从某种意义上说，镜头记下的其实并非风景，而是时间。快门一闪，瞬间定格为永恒，记忆由此活色生香。那几天只不过是寻常日子，天空的澄碧并非这座城市为迎接某个盛会着意制造而成，因此格外矜贵。后来每回看到美丽异木棉花，都会记起那片蓝得几近透明的天空。留在照片上的明艳不断补足记忆的流失：枝上花开得有些零落了，却依旧明媚，线条优美的花枝向碧澄澄的天边伸展，勾勒出美好的天际线，当时的澄静与晶莹都恍若神话。

花开九重

广州人大约少有不认得簕杜鹃的。秋冬时节，人行天桥和立交桥上成片的烂紫漫红，如潮如瀑，开得泼洒连绵。这样绮丽热闹的空中花廊，算得上是城中一景。我更喜欢的，却是大片绿色里偶尔闪过的一两株红花。有一回在黄埔古港乱走，绿树丛中忽地斜逸出数枝开紫红花的簕杜鹃，冬阳下跳脱的颜色几乎是响亮的，像万籁俱静中忽然响起的一声脆生生明朗朗的呼喊。

五羊城的簕杜鹃是后来才遍植全城的，至少我念大学时尚颇为少见。我认识簕杜鹃是在深圳。大学毕业后到深圳工作，起初住在南山区，每天一早坐杂志社的班车去罗湖上班，一车的同事皆沉默少言，我便塞着耳机听音乐，看车窗外的风景。早秋时分，绿化带上已能看得到簕杜鹃的红花，晨曦里闪烁着亮光。印象更深的，是搬到福田之后，许多地方的围墙边都植有这种善于攀援的灌木，绿叶红花爬了满墙，风一吹，花就乱了。那时一颗心没有定下来，也是乱的，时常一个人走在路上，身后是迤逦不绝的花丛，不用回头我也知道它们在开花，如火如荼的，牵牵绊绊的，开了一天一地，似要抓住谁的袂，又像在燃着谁的心。

在福田，我和另一个女孩住在一起，过了一段几乎是相依为命的日子。夏季台风袭城时，相偎着去最近的超市，伞一撑开便被吹得散了架，索性淋着暴雨，绕过被吹倒的大树艰难地前行。待得抱着大包食物回到房间，两个人都浑身湿透，却又忍不住相顾大笑。有时恰逢我与她都心情黯淡，便各自一言不发收拾房间，等到角角落落都干净透亮了，才一点点说起各自的心事。几年后有一回路过深圳，我去那间屋子找她。她已买了房，却还未搬家。很惊喜地见了面，晚饭后我们在她学校的操场上漫步聊天。无非是说一些有意思的往事，和目前的生活。那一晚月色很好，不远处橘色的灯光朦朦地照着操场围墙上的簕杜鹃，花影重重，让人顿生时光错落的飘忽感。

在深圳盘桓两年，与这座城市仿佛始终有隔阂，但总有一些细节是值得回想的。譬如台风天靠在床头看书、听窗外风声呼啸的辰光，譬如仿佛永恒地开着红花的簕杜鹃。回到广州之后才知道，簕杜鹃是粤人的叫法。粤语称刺为“簕”，指其枝上生有尖锐的小刺，但这种原产于南美的紫茉莉科藤状小灌木与杜鹃并无瓜葛。再往北，簕杜鹃被呼作三角梅。其实它与梅花也两不相干。所谓“三角”，指其三枚亮丽“花瓣”围拢成三角状。簕杜鹃形态殊为特别，被人们误认为是“花瓣”的，其实只是围抱着花朵的苞片，真正的花白色，极小，往往一连三朵簇生于苞片内。色彩明艳的苞片既可以保护花朵，也能替代素淡无香的小花吸引蜂蝶传粉。此外，簕杜鹃还有九重葛、宝巾等别称。因漫长花期里，柔韧长枝上花开重重叠叠，故名九重葛。宝巾则是音译名。簕杜鹃拉丁名为Bougainvillea，据说是纪念一七六八年于南美洲发现它的法国陆军军官，宝巾便由“Bougain”音译而来。但“宝巾”二字实在好看，听起来反倒更像是中文的原名了。

文字里藏着一重奇特的奥秘。无论簕杜鹃，抑或是三角梅，字面上都不免带着乡俗气，听上去不过是用作篱笆的闲花。但一呼为九重葛，便立即贵重端然起来。“葛”字有庄重的古意，“九重”又予人以逶迤缠绵之感，仿佛这花原便该栽在“杨柳堆烟、帘幕无重数”的深深庭院，院里有人，有闲愁。宝巾一名最是娇俏腻人，让人想起《聊斋志异》里那些玲珑剔透的花妖狐怪。对于生长在不同情境里的簕杜鹃，我更愿意以不同的名字来称呼。它大丛大丛长在天桥上或围墙边时，是簕杜鹃；自岭南人家的阳台倾泻而下时，该唤作九重葛；若是自园林的层层绿幕里偷偷探出一点嫩紫嫣红，那便无论如何也是宝巾了，此刻唯有“宝巾”二字方可状其灵动妩媚的风情。由此可见，一样植物若是拥有多个名字，也是一种可彰显百般风华的幸运。

我上班的院子里也有簕杜鹃。那一丛花种得巧妙，纤韧的长枝自墙头蜿蜒而下，开满紫白二色的花。紫是雅澹的丁香紫，白却不是纯白，微微透出浅淡的鹅黄。花开繁华的时候，下午下班前我常常会跑过去看一看。半明半暗的天光里，粉紫间白的花瀑闪烁不定，如水流无尽。这一丛花恰好长在地下车库的某个出口旁边，时常有车子开出来，车上的人微微诧异地望向我。大约在此时此处看花，是一件令人惊奇的事吧。

在华师北区的教工宿舍楼里，我曾遇见过一蓬开得最为盛大的簕杜鹃。那里是一片老房子，一大蓬簕杜鹃便是自二楼的某处阳台上，如瓢泼大雨般倾洒而下。数不清的长枝上，玫红的花一朵挨着一朵，挤得密不透风不见片叶。肆意泼洒的艳色，如潮水一般汹涌而来。那样浓郁恣睢的盛放已不止是花开，更像是一种执着的等待，又像一种激烈的誓言。我仰着头看了多久？时间恍惚已然静止，只有偶尔飘下的一瓣落花，提醒我双脚依旧踏在没有尽头的悠悠岁月里。后来每到同样的时节，我都会走到同一个位置仰头看花，但总是花少叶多，让人怅然若失。那种艳烈的繁华，仿佛只出现了一瞬。但即使只是一瞬，也足以将某种强悍的力量植入看花人的体内。

簕杜鹃是一种易活粗生的植物，剪下花枝插入泥土便可生根，且在干旱时花开得最好，因此莳养要诀是控水。使栽培的土壤经常处于断水状态，花朵才会迸发得繁盛艳丽。对于这一特性，植物学的解释是控水可以限制植株的营养生长，使养分得以积累，从而利于花芽分化形成花蕾，我在最初得知时却不免微微凛然。唯有在心怀强烈渴望时，才能更见力量与勃勃生机，簕杜鹃这个特性，实在太像人中的勇士了。

广州和深圳都举办过簕杜鹃花展，我却一次也没有去看过。花展上的簕杜鹃往往被人工扭曲成各类造型，失却了原本的灵气。我总觉得，这样热烈倔强的花儿，就该让它高高兴兴自由畅快地爬满一天一地才不负天然。

蓼花红

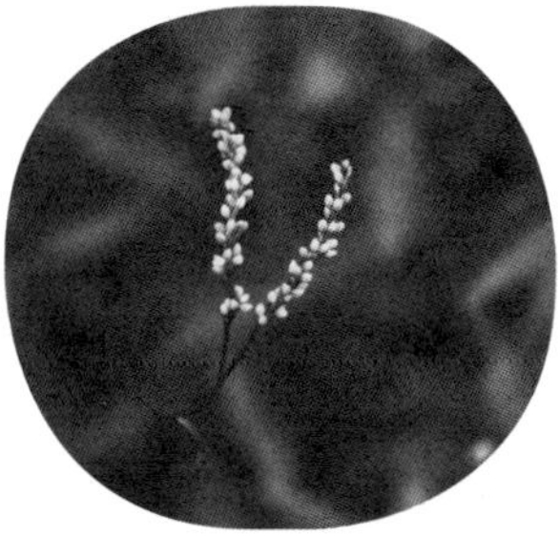

五月在植物园山坡上遇见蓼花，又惊又喜。多少年没有见到蓼花了。蓼花该是夏末至秋天的花，不过这是岭南，许多花可常年绽放。山坡上杜鹃开得正盛，蓼花长在杜鹃花下的草丛里，一株一株很细弱，穗状花序颜色明艳。仔细辨认，是蓼科蓼属的酸模叶蓼，又称柳叶蓼，因为叶片细长如柳叶。小时候还见过红蓼，叶片要阔大许多，植株也更高。蓼属植物大都喜欢湿地，这片山坡潮湿阴凉，是柳叶蓼的福地，从前见到的红蓼都是生在水边。

回去后才听人说蓼属植物易活，剪一段枝插在水中，几天便能自行生根。后悔没有带一截柳叶蓼回家，想着下回要试试，养在书房里，在家也能看取洇染着诗意的一枝秋色。现在少有人留意这类不起眼的野花了，在古典诗词世界里，蓼花却是一个美丽经典的意象，总是指向无边的秋意、水泽与离愁。“红蓼花繁，黄芦叶乱，夜深玉露初零。”“黄叶满林霜尚轻，蓼花披岸水犹生。”“河堤往往人相送，一曲晴川隔蓼花。”诗人笔下的蓼花，差不多都是红蓼。红蓼可以生到三米高，在《本草纲目》中被称为“荭草”，李时珍解释说因为“此蓼甚大而花亦繁红，故曰荭，曰鸿。鸿亦大也”。长得像树一样高，且开出一穗穗艳红的繁花，在万物渐渐萧瑟的秋天，的确是引人注目的。北方红蓼比南方的生得高，在豆瓣上听到友邻说家附近的水边生了许多红蓼，比人还高，密密开满了花，很是神往。小时候见到的红蓼至多半人高。

小时候的红蓼长在一条弯弯的河边。那正是最为寂寞的一段时光。从外公外婆身边回到自己家，妈妈刚被调往一个小镇工作，爸爸还在外读书，家里只剩我与还未熟稔起来的妈妈。妈妈的卷发与她擦的润肤露的香味都让我觉得陌生。周六中午放学，与同学道别后一个人走回家，心里充溢着曲终人散般的荒凉感。幸好那时小孩以放养为主，吃罢午饭，一个人漫无目的走出家门，路上开满野菊花，随手能折一大把。总是习惯性走到离家不远的一条河边，河边生了许多红蓼，玫瑰红的花穗饱满艳丽，五瓣花开得剔透玲珑，白色的纤长花蕊也好看。现在我才明白，这些都是小孩子的眼睛才能看到的美丽。小心地折几枝花穗沿着河岸慢慢朝前走，远方参差有人家，白墙黑瓦掩映在树后，树的叶子渐渐黄了。河边很少有人经过，走得远了，心里既新奇又有些害怕。如果顺着河水一直走，会走到什么地方？许多年后才读到海子的诗：远方除了遥远一无所有。但我一直乐观地认为，远方有所有想得到和想不到的意外惊喜。到现在，我还记得河水潺潺的声音，和手中的红蓼辛辣冲鼻的香气。

还有一个地方也生有许多红蓼。是妈妈单位仓库后面的一个小花园。因无人打理，慢慢荒废了。有人在里面种过菜，始终是草盛豆苗稀的光景，后来也不种了。平日里几乎无人进去，是我一个人的百草园。春天里茼蒿开出俏丽的黄花，水红野蔷薇开得一蓬一蓬，婆婆纳的小蓝花在草丛里闪亮光，紫花地丁含蓄优美。秋季沿围墙一线都是蓼花的势力范围，蔷薇红的花色在秋阳下分外明亮。许多时光里我待在园中，与野花野树和蚱蜢们玩。或是携一卷彩纸一把剪刀，坐在仓库墙边叠纸蝴蝶纸玫瑰。也许就在那时，渐渐懵懵懂懂地明白，倘若能自言自语自给自足，孤独也可以尽情尽兴。

有一回，外公外婆忽然来了我家。我一直留恋与他们共处的光阴，无数次临睡前策划让父母再把我送回外婆家，只不过每次还未想得十分停当，便睡着了。这回知道他们要待很长一段时间，心里十分欢喜。大人们闲聊的时候，一个人走到小花园，折了许多长条的草茎，开始坐在墙边编一根长绳。刚刚读过安徒生的野天鹅故事，艾丽莎公主为哥哥们编织荨麻披甲的情节深深印在脑子里，我也开始了宏大的草编事业。草茎上本就生着芝麻粒大小的紫花，编出的绳子很好看，我每隔一段又织进一条红蓼，更加精致如工艺品。我一边编织，一边感受着因为外公外婆到来生出的满满的快活，直到听见大人们呼唤我吃饭的焦灼声音，才将手工半成品埋在墙角草堆下，跑回家。饭桌上爸妈问我去了哪，张开嘴，又咽了回去。那时才发现，自己是如此珍视这个秘密花园，它像一个隐秘的窃喜，我甚至不愿意与任何人分享。

我们在小镇上待了四年后，妈妈调回市里。搬家之后再未旧地重游。去年夏天回家，我跟爸妈说想找个时间，回去看一看。其实那么多年过去，小镇必定不复当初模样，连镇名都改过一次。但在我心里，永远是逶迤的河流，可以躲在里面一整天的废园，红蓼一直开向远方，七八岁的我自个儿与自个儿玩，在寂寥的天地间，玩得兴致盎然。没想到爸妈说，他们也想回去看看，到时候可以一起去。我不料爸妈跟我是一样的心思，止不住惊喜。忽然想，其实，每个人有每个人的一部回忆，那个小镇，一定也承载了父母无数欢喜惆怅忧伤的记忆吧。考上大学那年夏天，接到录取通知书之后，小舅舅请我吃饭。他自己在家做了一桌好菜，吃饭时开了啤酒与我对酌。那一刻第一次觉得自己是个大人，或者说，第一次被当成真正的大人。饭后，小舅舅说带我出去兜一兜。我坐在摩托车后座，舅舅很快驶出了城。月光明净，风簌簌扑打着衣衫。舅舅把车停在那条著名的江边，与我并排对着江水，忽然说："看一看家乡的夜景吧！"我忽地体味出舅舅此举的仪式感。外公家族的人都有文艺情怀，舅舅是在用月夜与清江为我送行。现在想来，当时离家单飞的愿望如此强烈，以至于亲人们都明白，我是决然不会再回故乡扎根了。

那一晚月色清隽、浩大、明净，江面波光闪动，凉风像一尾银色的鱼，轻啜发际与皮肤。闻到江水微微的腥气，与水草丰腴青鲜的幽香，中间夹杂一丝辛辣。我认定那是红蓼的气息。立秋节气已过，蓼花一定是开了。我对故乡概念的界定，原本仅限于长大于斯的外婆家，对这个城市一直若即若离，印象浅淡。那一夜，月光下的江流却让我联想到"星垂平野阔，月涌大江流"，这座城在我脑海里幸运地定格为老杜的宽广与阔大。而隐没在河岸阴影里的蓼花，在一次次的回忆里变得愈来愈生动鲜活，且添上了灼灼的绯色，成为告别之夜最富意味的意象。

南国有嘉树

在柑、橘、柚子、橙子里，一向偏爱橘。人自幼养成的口味，是很难改变的。楚地盛产橘，所谓“江陵千树橘”，丝毫也不夸张。唐代传奇小说《柳毅传》里，美丽落拓的龙女托柳毅传送家书，殷殷相告曰：“洞庭之阴，有大橘树焉，乡人谓之社橘。君当解去兹带，束以他物。然后叩树三发，当有应者。”洞庭湖畔的大橘树，是柳毅进入龙宫的机关所在。小时候读《柳毅传》，看到“洞庭”“大橘树”一类的字眼，觉得很亲切。橘子树在故乡，的确是随处可见的。有关楚地之橘的文字，最有名的自然是三闾大夫的《橘颂》，“后皇嘉树，橘徕服兮。受命不迁，生南国兮”。橘树在屈子笔下，是气度高华、苏世独立横而不流的君子，美好而坚定。

外婆家种了许多橘树。屋子东西两侧各有一排，碧绿舒展。橘树在春末夏初开花，橘花很小，藏在密密匝匝的绿叶里，很清美。正是“绿叶素荣，纷其可喜兮”。未开的花苞也好看，一粒一粒雪白莹洁，如椭圆的珍珠。枝头若攒着数粒花蕾，便是一枚精巧的珠钗了。橘花是香花，香气雅致，带着独特的淡淡辛味，极有穿透力，闻之神清气朗，让人觉得天地人间俱清丽明洁。

每年等我们暑假回到外婆家，橘子都长得如鸭蛋般大了。枝头果实累累，往往两三颗簇在一起，压得树枝微微弯曲。未熟的橘子跟橘叶一样油绿油绿的，圆润可喜。小时候总是屋前屋后钻来钻去，有时忽然好奇青橘子是什么滋味的，偷偷摘一个剥开来吃，橘子瓣还很小巧，塞到嘴里，酸得我顿时闭起眼睛。

深秋交初冬时节，外公外婆来看我们，常常会带几只黄熟了的橘子过来。家里的橘树无人特别料理，橘子自然不及买的蜜橘甜，但因为是自家结的，有一种亲昵的喜悦，我和妹妹每回都会高高兴兴吃掉。前年父母来广州，尤不远千里带了两只自外婆家摘下的橘子给我尝鲜。许多年没有吃过自家的橘子了，酸甜的滋味丝毫未变。爸爸说："这橘子胜在特别有橘子味。"这话放在从前完全不通，但如今说来人人皆懂。一如我们吃茄子时希冀有"茄子味"，吃猪肉时渴望有"猪肉味"，追寻天地初开时的自然明和与原汁原味，大约将成为现代人寻根的一个重要分支了。

在广州吃得最多的是砂糖橘。个头小小，甘之如饴。我不记得小时候吃的橘子是什么品种的了，似乎就叫无核蜜橘？也有一种南橘。橘熟季节，青黄杂糅或是红亮可人的橘子一车车运到路边待沽，妈妈往往一次便买一麻袋，放在家里慢慢吃。买水果以麻袋装，可算是湘人的一种豪气吧。记忆里有几种时令果品都作兴一麻袋一麻袋买回家的，秋季的橘子、板栗，夏日的西瓜，买回去堆在房间地下，足够一家人吃上好一阵子。

橘子汁水丰足酸甜可口。张岱《樊江陈氏橘》一文中说陈氏橘“皮宽而绽，色黄而深，瓤坚而脆，筋解而脱，味甜而鲜”，家乡之橘庶几近之。但橘子吃多了易上火。吃过几日橘子，人人嘴唇边都生出干燥发红的一圈，要用蛤蜊油轻轻涂了，才慢慢好起来。橘子也是治疗咳嗽的一味药。有一回感冒咳嗽，爸爸便说烤橘子给我吃。正值深冬，家家烤火。父亲用一支筷子穿起一个大橘子，在火炉上翻来覆去地烘烤。不多时屋子里充满奇异的焦香。我觉得这吃法很新鲜，烫着嘴的橘子瓣也别有风味，咳嗽有没有立时好起来倒不记得了。后来读《千江有水千江月》，看贞观与银蟾偎在阿嬷房里通宵烤橘子吃，鼻端好像又闻到那股辛气焦香。

橘子吃罢，有心的人家会把橘皮收集起来，大太阳天晒干再收藏。干橘皮是绝佳的调料。泡茶：家乡吃姜盐豆子芝麻茶，即在茶水中加入炒熟的黄豆、芝麻，再放盐及用磨姜钵磨碎的姜茸，甘甜可口。若再将干橘皮剪成细丝放入茶汤，则更为香气扑鼻。做点心：红薯片或红薯饼里掺点橘皮丝，吃起来很香。橘皮嚼起来有股清苦的味道，正好解了甜腻。做菜肴的佐料：家乡有一道叫“发肉”的名菜，是从前办红白喜事必不可少的菜式。五花肉剁碎，合以面粉、鸡蛋，加盐、糖、料酒、酱油、胡椒粉、苏打粉、橘皮丝，和匀后用手抟成球，入油锅炸熟，捞出稍冷却后切片，蘸糖吃，或是汆汤吃。这道菜外公外婆也曾做给我们吃，都是汆汤，汤里撒点葱花，甘鲜香酥，无可比拟。前些年妹妹一时兴起，在我家做了一次“发肉”，末了遗憾地说：“可惜缺了一味干橘皮丝。”橘皮在这道菜里所用量其实极少，但加与未加的确大不一样。橘皮的香气很雅，有贵气。平日吃完橘子，总舍不得立时扔掉橘子皮，要放在书房留香几天。橘子实在是格高的水果，正如橘树也是贵重格高的树木。

喜欢橘树与橘子，一是因为自小的亲切熟稔，二是因为诗人曾赋予橘树美好的品格吧。每当念及“苏世独立横而不流”几个字，心里便会浮起很具体的美丽意象。是的，就是那一棵无比熟悉的，青翠、优雅、从容、笃定的橘树，亘古地，等待着行吟的诗人。

欲买桂花同载酒

中午与白桦一起穿过办公楼下的大礼堂，走出朝南那个小门时，桂花香像水一样漫过来，几乎让人漂浮起来了。这才注意到门口种着好几棵桂树，正累累开着一球一球柠檬黄的小花。

广州的桂树似乎大都是四季桂。树生得不高，春秋两季花事最盛。办公楼下临近走道的靠墙处也有两株四季桂，春时开得最好，春阳煦暖的日子里，花香能一直飘上六楼的办公室，令人熏熏欲醉。偶尔加班，发觉夜间香味更为沉静，岭南暖湿的春气将花香酝酿得恰到好处，所谓春风沉醉的夜晚，说的大约就是此等情境了。

书里说四季桂主要于春秋两季开花，其实在温暖的亚热带气候里，花期能一直延续到深冬去。有一年到萝岗香雪看梅花，梅林边还奢侈地种了一排桂树，穿花拂叶一路走过，这几步是梅香，那几步已是桂香。都是贵重的香花，一齐涌到面前时便能清晰地分辨出香与香的不同：梅香是袅袅的仙音在天上飘呀飘，桂香要实沉许多，专管在低处黏住人的脚步；梅香像薄薄的、微凉的轻绢，桂香让我想起冬日大衣上温软的狐狸毛领，拂着脸时有毛茸茸的暖意。

其实桂花也有仙气。最著名的一棵桂树长在传说里的月宫。唐代段成式《酉阳杂俎》中记载："旧言月中有桂，有蟾蜍，故异书言月桂高五百丈，下有一人常斫之，树创随合。人姓吴名刚，西河人，学仙有过，谪令伐树。"据说吴刚有时用力过大，便会将桂子震落人间。杭州灵隐寺旁有峰名月桂，就是当年月宫落下桂子之处。

唐时的某一个中秋夜，月色晶莹。灵隐寺的烧火和尚德明，半夜忽然听到一阵滴答声，开门仰望，只见无数珍珠般的小颗粒自月亮里落下，如雨般落在寺边山峰上。德明不由自主地爬上山，将五光十色的小颗粒一颗颗拾起来，到天亮时已捡了满满一大兜。

回到寺中，德明把小颗粒拿给师父智一老和尚看，智一师父细看一阵，豁然大悟："这是月宫里吴刚砍桂树时震落的桂子呀，是吉祥之物哩。"

于是，师徒二人将桂子种在寺院前后的山坡上。过了些日子，桂子发出嫩芽，长成了小树苗。到第二年中秋节，每株树上都开出香喷喷的花朵，有金黄的、淡白的，也有橙红色的，德明按照不同花色，分别把它们叫作金桂、银桂、丹桂。自此，灵隐寺四周就长满各色桂花，寺旁的山峰也因此得名为"月桂峰"。

这个传说真漂亮，莹洁闪烁，氤氲着袅袅仙气。仿佛桂花香天生就是用来打通仙凡界限的。浪漫的古人一定深信桂子是从天上落下的，“桂子月中落，天香云外飘”，“不是人间种，移从月宫来”，桂花香是来自广寒宫的缥缈仙香呢。

德明和尚所命名的金桂、银桂和丹桂，按今天“两类四群”的分类系统，皆属秋桂类的品种群。“两类四群”即按照花期和花序类型的不同，将桂花分为秋桂类和四季桂类两大类；再依据花部形状和营养器官等的不同，在秋桂类下分出银桂、金桂、丹桂三个品种群，在四季桂类下列出一个四季桂品种群。以前一直奇怪，为何在广州见到的桂树大都偏矮如灌木，大不似家乡的桂树亭亭直立，能一直长到齐屋高。后来方知广州所植桂树多为四季桂，而家乡的桂树多属秋桂类，现在想来大多是银桂，偶尔也有金桂。

从前印象最深的一棵桂树，长在叔叔家的屋前。一个秋天的周末，一家四口坐火车去走亲戚，走进叔叔所住的大院，便闻到浓烈的桂花香。秋阳透亮，油绿光亮的桂树长得很高，那时的我要仰了头，才能看到满满一树密密匝匝的花。婶婶在树下铺了几张极大的白纸，拿一根大竹竿轻轻敲打树枝，碎金般的桂花簌簌落下，末了她将几张纸拢一拢，装了一小袋桂花送给我们。在车上我不时打开袋子，去嗅那蜜一样的甜香。回家后妈妈将桂花用盐水漂净，蒸桂花糖包吃。那时妈妈很热衷制作这一类的小面食，饺子，各种馅的包子，麻花，油条，都能信手拈来。家里做的菜肉包子，蒸熟后馅和皮是紧紧融合在一起的，馅里的油和肉汁将皮染作诱人的金黄色，咬下去香气四溢。桂花糖包咬开后，浓稠滚热的糖汁立刻缓缓流出来，花香在腾腾热气里更加浓郁，许久之后唇舌间还留存着香甜之气。这一袋桂花妈妈蒸了好几回糖包。

小时候经历的物事，但凡与吃相关便会记得特别深刻。因为桂花糖包的缘故，我一直记得那棵大桂树，也记得婶婶仰头笑着打桂花的样子。记忆里她眼大鼻大，生得豁朗敦厚，时常给我编织扭着各式漂亮花纹的毛衣。上中学时，这位婶婶骤然生急病过世了。那日中午放学回家吃饭，父母都不在家，桌上摆着叔叔的留言，说婶婶可能不治，要父母即刻赶去医院见最后一面。白纸黑字触目惊心。吃罢饭，父母和另一位叔叔一脸沉痛地回来了。那是个初冬，天极阴，我打开衣柜添衣时忽地看到婶婶为我织的毛衣，橘红间粉白的颜色，精致的公主袖，我一下子体味到生死无常的苍凉之感，心里却隐隐觉得她依旧站在亭亭如伞的桂树下，明朗地大笑，桂香弥天弥地。

花木之动人心魄，大抵都在于与人情有千丝万缕的联系吧。所以有关桂花的吟唱，印象最深的始终是刘过那句“欲买桂花同载酒，终不似、少年游”。一二〇四年八月初五，垂暮之年的刘过于二十年后重访武昌安远楼，时值南宋政局江河日下，危机四伏，而自身落拓江湖，萧瑟秋意中，他写下那首著名的《唐多令》：“芦叶满汀洲，寒沙带浅流。二十年重过南楼。柳下系船犹未稳，能几日，又中秋。黄鹤断矶头，故人今在不？旧江山浑是新愁。欲买桂花同载酒，终不似、少年游。”无须有刘过的家国恨、身世愁，一句“终不似、少年游”足够让所有感怀伤时的人动容。不知道那时所卖桂花是折枝抑或盆栽。中秋又快到了，桂花依旧香气扑鼻，我却远远不再是少年身了。少年子弟江湖老，如黛青丝转瞬斑，是每个长到一定年龄的人心底扎着的一根针。

前阵子重新联络上一位老友，我们是高中同窗，又一起到广州念大学，两所学校有些距离，那时流行通信，他画了国画寄给我，又模拟我的风格写文章，认认真真誊抄后夹在信里，看得我在宿舍捧腹大笑。秋冬晴朗之日，偶尔会坐车去他的学校找他。买几袋开心果几罐啤酒，在树下找凳子坐下，边吃边喝边聊。数个小时在说些什么？我早已记不起了，只记得深秋阳光下隐隐浮动的微尘，嫩笋般的年华，辉煌中带一点点惶惑的梦想，以及，清风拂过来的桂花香。QQ上聊着聊着，大洋彼岸的他感慨起时光飞逝，时序催人，我忽然记起了那时的光阴，风里渺渺的桂花香，刘过的句子蓦然跳进脑海。如今就算重履旧游之地，也是终不似少年游了吧。所幸者，不甘的我们总能努力留住一些不许流年改变的特质，许多时光无法更改的，始终不曾改变。

花若有情，一定在用年年岁岁的香气幽幽说着那光阴若水的故事，以人类尚无法破译的方式。

秋菊

秋风一起，卖花人筐里就有菊花了。三五枝黄菊白菊，买回家供在深色陶樽里，背后粉墙是自然留白，意境悠寂。菊花耐久，插在瓶中可经半月。花香略带苦意，却清远幽雅。

新春花市上也多菊花。粤地习俗有趣，过年时插的银柳要染成彩色，却不忌讳菊花。大约粤人认为，过年时所有鲜花都是新春喜色。花市上的盆花和鲜切花里，菊花都算大宗，且白菊不少。有时白色蟹爪菊盆花成片摆放，雪般清明。鲜切花里更是各式菊花咸备。若取各色折枝菊花，配以黄色香雪兰、情人草，山野逸气袅袅而生，正可作岁朝清供。

读陈永正老师的《岭南诗歌研究》，才知道菊花也可算岭南之名花。广东香山（今中山）是著名的菊乡，香山小榄更有“小柴桑”之美誉。清乾隆元年（1736年），小榄已有赛菊之举，称为“菊试”，后又建菊社，赏菊赋诗，为一时盛事。嘉庆十九年甲戌（1814年），小榄开菊会，广征菊诗，以后逢甲戌年即开菊花大会，延续至今已有四次。

广州文化公园如今每年也办羊城菊会，却一直未去见识过其间盛况。菊花似乎不宜热闹，疏疏几枝清冷地开着，更得真意。在朋友家见过一盆藕荷色菊花，屋子简净，只此数枝秋花，风姿无可比拟。有个秋天在济南趵突泉公园，恰好遇上一个菊展，各色菊花开得极盛，但犹不若在李清照纪念堂外，疏疏种上几丛黄菊紫菊，更来得清丽澄明。

菊花可酿酒。汉魏时已盛行菊花酒。《西京杂记》记载："菊花舒时，并采茎叶，杂黍为酿之，至来年九月九日始熟，就饮焉，故谓之菊花酒。"那时的人们深信菊花酒可延年益寿。陶渊明爱菊花，也爱酒。据说某个重阳，辞官的陶渊明喝不起酒，怅怅然坐在屋外菊花丛边。忽然望见有白衣人远远走来，怀里抱着大酒坛，原来是刺史王弘派人送酒来了。他喜出望外，即刻开坛痛饮，喝至酩酊大醉。陶渊明曾自己种秫酿酒，"舂秫作美酒，酒熟吾自斟"，甚至曾性急地直接解下头巾漉酒，用过后依旧戴到头上。陶渊明谓"酒能祛百虑，菊为制颓龄"，他有没有亲自酿过菊花酒？似乎找不到相关记载。

汪曾祺晚年曾作《聊斋新义》系列，改编《聊斋志异》里数篇作品。汪氏的改编增添了现代性哲思与审美视角，文字简净生动，意蕴极耐咀嚼。其中《黄英》一篇讲菊花精故事，改作去掉了原文带酸腐气的情节，花仙并未自荐枕席嫁给凡人马子才，菊花精姐弟成为小说主角。菊花精姓陶，更妙的是陶生嗜酒如命。他种菊，饮酒，语带玄机："种无不佳，培溉在人。人即是花，花即是人，""花随人意，人之意即花之意。"汪曾祺笔下的陶生像艺术家，像诗人。初遇时马子才眼里的陶生："少年眉清目秀，风姿洒落。他好像刚刚喝了酒，酒气中有淡淡的菊花香。”陶生永久化为菊花后：“九月，开了花，短干粉朵，闻闻，有酒香。浇以酒，则茂。这个菊种，渐渐传开。种菊人给起了个名字，叫‘醉陶’。”写《聊斋新义》时的汪曾祺功力深厚，笔触大美至简，直如老树初梅一般动人，《黄英》全篇皆弥漫淡淡菊花香与酒香。

小时候见过不少野菊花，至今我也未能弄清哪些是紫菀、马兰，哪些是狗娃花。菊科是大科，相似种属太多。野菊花能从夏天一径开到深秋，秋天的时候，有同学拿袋子收集路边的野菊花，据说晒干拿到中药店可以换钱。外婆常在初秋时来我家，中午放学，我一路摘一大把野菊回家，远远望见外婆和妈妈坐在秋阳里闲聊，心里有一种笃定的快活。

秋天很多人家办儿女婚事。我们住的那个小镇，办喜事要请戏班子唱几天几夜的戏。开戏的时候，我们听不懂戏文，也爱在人堆里挤来挤去。秋天敞亮澄净，锣鼓声仿佛可以直飘到云上，野菊花开得星星点点，木芙蓉红红白白。一个同学认得戏班子的人，便偷偷将我们带到后台。我们好奇地看着五彩的戏服和头面。这个戏班子唱小旦的是个红角，我们自台下听戏的女人那里听到她的故事：她自小是戏迷，但家里人不许她唱戏，她被父亲打了一顿，关在家里，却偷偷逃了，出去拜师学戏，后来渐渐唱红了。小镇上的女人很擅长说这类故事，一唱三叹，把她说成一个传奇。这个小旦唱完一段，回后台来了，我们呆呆望着她坐下，端起茶杯，慢慢喝一口茶。她上了戏妆的脸很好看，头上簪的绢花花蕊微微颤动。不知为什么，一直记得这个场景。这么多年过去，不知道这个旦角是不是还唱戏，就算唱，也该是师傅一辈的人了吧。

紫意动帘栊

六月在郊外一个农庄吃饭，吃完出门，忽然注意到农庄外一路都是洋紫荆。洋紫荆树不开花也好认，圆大叶子在顶端裂为两瓣，据说形似羊之蹄印，因此树又名红花羊蹄甲。其实也像一枚绿纸剪出的青果子，尤其枝顶新发的嫩叶，青鲜透亮如少年。想着若深秋再来此地，会是沸紫扬红的一路，车子停靠路边，片刻落满红瓣，天地隽永，时光明澈。

南方北方都有紫荆，两种紫荆却相去甚远。北方紫荆即满条红，春时片叶不生，满树紧贴枝干的紫花，华美喧腾。唐代韦应物写过一首《见紫荆花》：“杂英纷已积，含芳独暮春。还如故园树，忽忆故园人。”韦应物是长安人，长安正多紫荆。南方紫荆即香港市花洋紫荆，加一“洋”字正便于与北国紫荆区分开来。洋紫荆春天也开，不过只蜻蜓点水应个景，真正花若锦绣是在秋冬。

去年十二月的一天，在天河南一条小道上，呆立着看了许久洋紫荆。道路两旁都是花树，开得铺天盖地。风大，花雨纷飞，“花谢花飞飞满天”，因为花事实在盛大，不觉凄伤，反显得柔靡浪漫。秋冬的广州城，随处可见紫荆红雨，人立花下，自觉俨然画中人。爱与美的意义如此相近，心怀深挚的爱，或面对繁华的美，都能让人不断看见更美的自身。紫花飘飞，嘈杂市声皆被过滤，天地忽地澄净清明，陀思妥耶夫斯基说的，“美将拯救世界”。

隔几天在天河公园一处草坪，又邂逅两株极大的洋紫荆，也是胡天海地缀满了花，且一边狂开一边狂落，草色已为花色所覆。其实洋紫荆颜色不免带乡野气，远不及同胞的宫粉紫荆与白花紫荆清雅，但大片盛放时自有紫陌红尘拂面来的繁华气场，让人心甘情愿不再计较玫瑰紫的一点俗艳。当时未带相机，后来再去，因为落过一场雨，枝上花已稀疏，草坪上润绿残红斑驳。零落成泥碾作尘，也不过一两天的光景，洋紫荆似乎懂得这个道理，因此盛开时格外尽兴恣睢。

其实我在家也能看紫荆花。几个房间的窗外都有洋紫荆枝叶婆娑。当初买房，首先看中的是几株高大花树。主卧旁的枝贴着窗子，热忱地要把满满一枝花送进屋子来。洋紫荆花色中的紫后来便成为主卧的基调。藕荷或烟紫的印花寝具，粉紫绣花窗帘，花期里仿佛树上的花一径开到屋中，无花季节近窗的枝也像在开花。隔着窗玻璃，有时能拍到极美的花朵特写。烦恼是房子阻碍了枝叶的进一步伸展，好多回树枝快要伸进窗口来，开窗关窗都要格外小心翼翼。起风的晚上，听见枝条蹭着窗玻璃“咯咯”直响。这时就不能不拿大剪刀忍痛剪去几段枝了。

书房外的树离窗子稍稍远些，极大的三株一字排开，枝叶遮天蔽日，溶溶的绿将书房搂在怀里。树屋般的书房虽然白天也要开灯，经碧色过滤后的自然光却异常清幽宁静。下午时分，阳光穿过枝叶缝隙，在地板上画着各种形状的小光圈。风一起，常有碎瓣飞进屋子，娇嗲地黏到人身上。黄昏夜晚交界之时，树影渐渐沉入暮色，枝叶间隙里青白色的小块天空格外显眼。开花的日子，树下大幅红毯，阴天里简直是丝绒般的质地，又带着苍凉。有些花开在枝头好看，落了也迷人。樱花如是，洋紫荆也如是。必备条件是花事定要极尽盛大，落的时候才惊动人心。

读书或写稿时，常常轻声放一点音乐。有时是钢琴，有时是粤语老歌。晴天的下午坐在书房，风把窗帘卷得起起伏伏的时候，总想听一首《摘星的晚上》：愿摘下千束星光，将梦儿悬在你窗，温暖这最美的晚上；愿籍着一室花香，将未来甜蜜构想，将爱情铺满如诗的晚上。这是我心里很浪漫的一首粤语歌，每次听到都想跳舞，树仿佛能听懂，在风里轻轻招摇，像起舞的人。树的优美给人信念，让人相信即使在久不见星星的天空下，入夜后也会有一粒星子挂到窗前。

有树便有鸟。无数个清早醒来，躺着听洋紫荆树上的鸟音啾啾。有些单音节，有些双音节，有的鸟儿鸣声高亢悠长，有的低回幽婉，合在一起是清凉流丽的交响乐。午睡起来，房间静谧，偶尔能听见一只鸟从一棵树飞到另一棵树拍动翅膀的“扑扑”声。斯时斯刻，不禁感念天地之仁。

有一回，主卧窗边开了并生的两朵红花，紧贴着玻璃窗，丰腴花瓣上脉络清晰可见。我每天拍照记录，从饱满的玫瑰红，到最后零落的灰紫。又有一回，记不起因为什么事情难受了，一个人坐在窗台发呆，忽然看到绿叶繁密的枝头有一朵初开的花，那时是五月，花期早过，却开出这忘记季节的一朵。不知什么道理，顿觉一道清光照进黯淡情绪。第二天外出旅行，一周后返家，再找不到那朵花，想是已经凋谢飘落了。都是与树相处的记忆里，不能忘记的小细节。

我一直深信，树是有情感与记忆的。窗边的洋紫荆树，会藏着怎样的情绪与回忆？它们也许以奇特的方式，记录了窗内人的一切：欢喜，幽愁，惆怅，成长。而它们自己的喜怒哀乐，或许经由花开、叶落，甚至拂动在风里的“沙沙”声来展示。相处日久，树成了生活里重要的一部分。有时候计划着将来换房子，想着想着就难过起来：怎么能离开这几棵树呢？无论如何，就算换屋，也是不会将这套房子出售的。

在豆瓣友邻的文章里看到夏目漱石一句话：“自然力的可贵处，在于顷刻间陶冶人性情，使之醉意蒙眬进入清醇的诗境，这就是自然。”花木就是天地间的天然诗篇吧。我是孜孜不倦的读诗人。更多时候，想把心舒展成巨幅细致水滑的丝绢，上面题满清词丽句。

姜花

杪秋时节天黑得早，尤其是阴冷的天气里。下班以后，有时会穿过人行天桥走到家对面的超市。天色已经暗下来，路人大都行色匆匆。天桥上经常有个卖花的女人，站在夜风里，两个大竹筐里插着各种时令花卉。看到我她会笑一笑，熟稔地招呼我过去买姜花。我每次都在这里买，渐渐地她便认得我了。

最早的时候，一块钱可以买三四枝姜花；后来变成一块钱一枝；现在十块钱也只能买三四枝了。但无论如何，姜花仍是廉价的鲜切花。花店里难得看到姜花，要买姜花只能到路边寻觅守着竹筐的卖花人。想是因为利润太低，兼开花时间太短，所以花店不愿意入货。

姜花遇水即开。买回去的姜花插在深色陶瓷花樽里，不过十数分钟便香气扑鼻。穗状花序里开出蝴蝶状的白花，花瓣薄如蝉翼，纤长的花蕊正像微微颤动的触须。姜花香很烈，像爱恨分明的女子，浓郁得让人猝不及防。有时把姜花摆在睡房，第二天清早花悉数盛放。人在刚醒转那一刻是完全空白的，要过两三秒，光线、声响、气味才蜂拥而至，此时便感觉骀荡花香排山倒海而来，丝毫不给人准备和商榷的余地，压得人简直胸口生痛——香气也是可以伤人的。床和地面似乎都在轻轻摇晃，花香把空气酿成了一片海，屋子变成船，在海上漂漂浮浮。姜花的开花时间很短，一大束花不过十数小时便尽数萎谢。有一回将残花清理之后，翌日下午走到桌边，竟又闻到香味。我出了好久的神。难道花香也有魂魄吗？花不在了，魂魄却仍旧萦绕不去？那一缕香很淡，但的的确确是真切存在的。

北方人听到姜花，往往以为是生姜开出的花。其实姜花是姜科的另一种观赏性草本植物，植株比生姜要高得多，清朝时才自印度和马来西亚传入中国。姜花花期长，能自夏天一直开到冬天。在广州，除了岁末和早春，其余时候都能买到姜花。

我是从什么时候开始喜欢插姜花的呢？那是蛰居在西关的一段日子。到深圳工作两年后辞职回到广州，在西关租了熟人的一套房子，开始闭门读书。每天一早起身，走到路口一个早点摊上买一盒珍珠肠粉，淋一点酱油，挑多多的辣酱撒上，吃完后开始看书。中午到广州酒家买一个盒饭。下午四点多，慢慢走到对面的宝华新街市买菜。菜市场有个档口能买到姜花，给两三块钱便能买一把。回到屋子，把姜花插到一个黑陶瓶里，便开始煲汤。渐渐地我学会了煲粉葛鲮鱼赤小豆汤时，要先将鲮鱼放到油锅里煎一煎，也知道了煲剑花排骨汤时，该落几颗蜜枣。瓦煲里的香气冉冉飘起，姜花开了一小半。屋子里亮起灯，隐约听到邻居家的电视声响。为了潜心读书，我送走了从深圳带过来的电视机，只留下一套音响，用CD机播一些怀旧的粤语老歌。

夜读时，也会轻声放一点音乐。我闭门读书，说是为了准备一次考试，事实上却读了许多与考试无关的典籍，包括一些注定要影响我一生的书。在深夜里独自面对滋长着生命与灵魂的文字，感觉几乎是惶恐的，内心震荡难以言说。常常熄了灯仍无法入睡，索性再起身捻亮灯阅读。姜花香带着凉意悠悠然浸过来，如泣如诉，屋子里静得只听见冰箱细微的嗡嗡声和我翻动书页的声音。

周末，男友过来看我。傍晚我们穿过熙熙攘攘的上下九路，一直步行到沙面，然后在珠江边一个叫玫瑰园的露天餐厅，吃东南亚风味的菜式。迫暮时分，江风缓缓拂过，对岸次第亮起五彩灯影，我们一边吃一边说着彼此生活中的细节。那时我没有收入，全靠积蓄生活，他在单位也不过是个小学徒，但因为年轻，因为坚信，几乎没有惴惴不安的忧虑。直到很久以后，我们才开始佩服当时的勇敢与轻盈。

假期里有时是我一个人。邻居家常有客人来聚会，大家聚在一起唱K，唱的却是粤剧，《禅院钟声》《昭君出塞》，或是《帝女花·香夭》。“落花满天蔽月光，借一杯附荐凤台上”，有时我会忍不住跟着他们的调子轻轻哼唱，“我半带惊惶，怕驸马惜鸾凤配，不甘殉爱伴我临泉壤”。那把女声的子喉唱得极好，清越明亮，带一份山残水剩的凄艳。我在厅里点了线香，线香幽暗的香气与姜花香糅合在一起，简直不知人间何世，与此刻的气氛契合到极点。西关人家的客厅里大都有佛龛，龛前燃着线香。平日上楼，每一层都能闻到沉郁的香气。后来我也买了个香炉，天天点香。因为所住的房子是开放式厨房，点香能辟除厅里的油烟味。路口有个老人在自家门口摆了个卖香的摊子，每次我走过她都殷切地望向我。她身后是西关老屋，买香的时候我会好奇地瞥几眼。屋里的一切都那么陈旧，光线暗淡，雨季时想必十分潮湿。她每天都守着摊子，穿着暗色的式样古旧的衣衫，有时与路边的熟人说笑几句。她很老了，说话有些漏风。

我在此处住了大半年，春天的时候搬了家。读了几个月的书，最后参加的，却是另外一场考试，通过之后开始了新的职业生涯。工作的地点在母校附近，是一直以来很熟悉的地方。但我时常会想起西关，迤逦不断的古老骑楼，窄窄老街边高大的榕树，入夜后灯火通明、绚丽如画舫的上下九路，被姜花香窨透的屋子，还有那段安静纯粹的读书时光。几年后，有一回终于特意去了曾经住过的那栋楼下。卖香的老人竟仍坐在摊子后面，那栋楼我无法再进去了，我望着四楼那个房间，忽然觉得我若是走上去，屋子里还会是原来的样子，而我将站在门外，与门内的我对视。不，那不像是照镜子，时间已无声无息地更新了我的身体与思想，现在的我凝望过去的我，我会对我说些什么？时光的秘密总让人惕然心惊又肃然起敬。我终于转过身往外走，这时已是初秋的黄昏时分，有人自路口走入，一手拎着肉和菜，一手举着一大把旧报纸包着的姜花。这场景如此熟悉，我几乎落下泪来。

去年夏天，我在阳台晒书。南方天气潮湿，每年盛夏晒被子大衣时我也会搬一些书出去晒晒。随手翻开其中一本，一片压得薄薄的姜花轻轻飘了出来。我伸手拈住，这不知是哪一年顺手夹进书页的，香气已经销尽，花瓣变作几尽透明的暗黄色，仿若时光的蝉蜕。

为谁开　茶花满路

看茶花，于农历新年前后最为相宜。华南植物园内有山茶园，每年正月初园中一片繁华。茶花的繁华，远在其他卉木之上，一是因为山茶花型多变，姿态万千；二是因为花色繁多，雅艳皆宜。清代朴静子《茶花谱》录五十四种茶花，并从中品评出三十番不同韵味，曰净品、隽品、淑品、媚品、逸品，等等。李渔在《闲情偶寄》里也谓山茶“可谓极浅深浓淡之致，而无一毫遗憾者矣。得此花一二本，可抵群花数十本”。足见茶花之佳处妙处。

植物园内的山茶园，据说收集茶花一百五十多种。最多的仿佛是“十八学士”，红、白、粉、多彩皆有。说起“十八学士”，金庸小说《天龙八部》里，段誉对着王夫人洋洋洒洒说过一篇茶花经，其中就有一段讲到这一名种：“大理有一种名贵茶花，叫做‘十八学士’，那是天下极品，一株上共开十八朵花，朵朵颜色不同，红的就是全红，紫的便全紫，决没半分混杂。而且十八朵花形状朵朵不同，各有各的妙处，开时齐开，谢时齐谢，夫人可曾见过？”这一段其实是金庸先生绮丽的想象，天下并无可开出十八种颜色的茶花。“十八学士”之“十八”，并非指十八般颜色，而是因为此品种由七十至一百三十多片花瓣组成六角塔形花冠，相邻两角花瓣排列二十轮左右，多为十八轮，故名“十八学士”。“十八学士”花名雅，花瓣也是如瓦片般排列得齐齐整整，风情稍逊却沉静端然，是茶花里的闺秀。

段小王爷还说到名品“抓破美人脸”，即白瓣中带“一抹绿晕、一丝红条”的茶花。他的妙论是：“……但凡美人，自当娴静温雅，脸上偶尔抓破一条血丝，总不会自己梳妆时粗鲁弄损，也不会给人抓破，只有调弄鹦鹉之时，给鸟儿抓破一条血丝，却也是情理之常。因此花瓣这抹绿晕，是非有不可的，那就是绿毛鹦哥。”这恐怕也是金老先生心中揣想的美人风华。我在山茶品种图鉴里看到的“抓破美人脸”，并无绿晕，只有几抹红条，的确如素面上的血痕。好多次在山茶园看到“一点红”，心里想着这该就是“抓破美人脸”吧？“一点红”是皎白的大花，每一朵皆有几片白瓣上带一抹红条，若不细看甚至注意不到。曾经听到一对中年夫妇一路看花一路批评：“这白花花的，怎么能叫‘一点红’？刚才红艳艳的那种才该叫‘一点红’哪！”可见大多数人看花也就是看个粗略，个中神韵是少有人细品了。不过若细究起来，“一点红”三字的确不妥，因为那红色并非白瓣中的一点，而是一线，若非要以这一线红色命名，倒不如叫“一缕红”或者“一抹红”来得贴切。因有了这一抹红，白色花朵便像有了许多不为人知的故事，颤巍巍仿佛凝睇欲诉眉间情了。

瓣上带条痕和斑点的品种多，是山茶花的一大特色，且斑纹千变万化，专业植物书里描述有白条斑纹、直条斑纹、细斑纹、喷雾斑纹、大理石斑纹、云状斑纹、虎斑等等。我见过的“花露珍”，黑红色底子上洒纯白色大斑纹，红白相间对照鲜明，十分惹眼。还有“花宝珠”，粉红底上浓墨重彩地洒紫红的竖条和斑点，让我想起春时惊心动魄的落红满径。

纯色的茶花似乎更显贵气一些，譬如纯粹的红色、粉色、白色。粉色的正宫粉，颜色娇嫩得如一痕胭脂水，又像一个似幻如真的梨涡浅笑，还没看真切便消逝在空气里，伸出手也摸不着。我做过一幅这样颜色的窗帘，是专用来做梦的。正红的茶花有一种气势，配着碧绿油润的叶子，大红大绿得有如春风牡丹般的庄重，看久了却让人生出悲哀。今年春天在暨南大学看到一株正在凋谢的红山茶，开到荼蘼的红色显出一种俗世的颓唐，春阳下历历可见的浮游细尘也让人无端怅惘。红色其实是最脆弱和不堪一击的颜色啊，所以才有人要感叹“每当红处便成灰”。这棵茶树，我瞥了一眼便匆匆走过，大有不忍细看之意。

最艳的，是纯白的茶花。所谓“淡极方知艳”。从前在中山詹园的养颐堂前邂逅两株齐人高的白山茶，不知是“雪塔”“明天”抑或别的品种，花开得皎洁丰腴，有的白花半掩在绿叶背后，我想起一句“鬓云欲度香腮雪”，简直看得痴了。这样饱满的白茶花，若是折三两枝插入拙朴的深色陶瓶中，摆在窗台上，映着远处的高楼和近处的绿树，该有多美呢。但折枝非真正爱花人所为，所以还是看树上的花来得安心自在。

白花油茶也好看。油茶树本就高挑，有蓬蓬然之势，花开时白瓣黄心，十分鲜明。有一年早春，在湖南一个园子里见到许多白花油茶，树下有石桌石凳，我与女友坐下来歇脚，闻到静静流动的甜香。我起身捡了几朵落花，收进背囊里。后来发现水边也有一棵极大的，碧叶白花的一树亭亭，是人世间的落落清明。时光无声地掠过花光树影。有许多花落到水里，打着旋儿渐渐漂远了。本来是一幅画的，因有了水里的落花，忽地就变成诗了。

见过的最为贵重的茶花，是黄色的金花茶。山茶以红、粉与白色最为常见，黄色茶花则十分稀罕。李时珍《本草纲目》“山茶”条下曰：“《格古论》云：花有数种……不可胜数……或云亦有黄色者。”既曰“或云”，便不能确知，至少见者极少。二十世纪四十年代，日本花卉专家津山尚历经二十载，履遍东南亚寻找黄色茶花，最终亦空手而回。他将这段经历写成《幻想的黄色山茶花历险记》，认定黄色山茶只不过是一个美丽的幻想。直至二十世纪六十年代，中国植物学者终于在广西十万大山发现山茶花家族中唯一具有金黄色花瓣的金花茶，顿时轰动世界园艺学界。

华南植物园中植有一千多株金花茶。第一回去看金花茶，是一个细雨绵绵的午后，园中游人甚少。撑着伞走出不多远便看到数株金花茶，植株比其他山茶要高一些，在密密雨丝里静静开着花，仿佛传说中倾国倾城的美人，亦不过是邻家寻常的娇憨女儿。金灿灿的筒形花朵全部朝下开放，花药呈橙色，鲜丽明亮。因为花瓣有蜡质光泽，被雨一淋更显得晶莹透亮。饱满圆润的花苞也好看，像亮丽的蜡果。开花的茶树大约不知，已故日本茶花专家池田津八先生，曾将此生未能亲睹黄色茶花的芳容列为人生第一憾事。我在园内徘徊，只觉得那几近透明的金黄，看久了如同假的一样，正是做梦般的颜色。

开春后去植物园，有时也会绕到山茶园去。此刻的茶花大都已开得倦怠，一路上只见到零落的红花白花。隔壁的杜鹃园里，远远能望见早开的白色杜鹃，即便是静谧无人的阴雨天，闭上眼也能觉到春来时那一股万事万物悄然滋生的暗劲，以及嫩绿的湿润里满满充盈在心头、却又说不出来的情怀。园内落英缤纷，有些是散落满地的花瓣，更多的是一朵一朵完整的落花，从枝头忽地坠下，发出“扑扑”的声响。在园中小径一路走过，脚边许多艳红的花朵，散在嫩绿草丛中，比盛放于枝上时更动人心魄，心里便又生出无法言说的意绪。该如何说得清楚呢？我蹲下身珍重地拾起数朵刚刚坠落的茶花，只觉此情须问天。

青青园中葵

老杜的《佐还山后寄三首》写于客居秦州时期。他作此三首，寄给住在秦州东柯谷的从侄杜佐，希望杜佐能送来一些粮食和蔬菜。秦州时期的老杜困顿不堪，这诗其实是很让人心酸的，但老杜的伟大在于再窘迫狼狈，笔下也没有贫气。三首中的第二首是开口要点小米："白露黄粱熟，分张素有期。已应舂得细，颇觉寄来迟。味岂同金菊，香宜配绿葵。老人他日爱，正想滑流匙。"一碗金灿灿的、香气扑鼻的小米粥，在老杜看来正堪与绿葵相配——我是在读了吴其濬的《植物名实图考》之后，才知道老杜用来佐粥的绿葵，便是我自小常吃的冬苋菜。

绿葵即葵菜，又名冬葵，是锦葵科锦葵属草本植物，在很长一段时光里，都是鼎鼎有名的蔬菜。《诗·豳风·七月》便有"七月烹葵及菽"之句，东汉班固在《汉书·董仲舒传》中记录了春秋时鲁相公仪休"拔葵去织"的故事：公仪休主张为官者不应与民争利，回家见到妻子织布，便怒而休妻，又将自家园里种的冬葵尽数拔去。他的理由是："吾已食禄，又夺园夫红女利乎！"公仪休的做法因为过火而不免矫情，带有浓厚的表演意味，但由此可知很早以前古人便已种植葵菜供蔬食了。成书于春秋战国时期的《黄帝内经素问》中提到"五菜"，即葵、藿、薤、葱、韭，其中以葵为首。一直到元代，王桢在《农书》中还将葵呼为"百菜之主"。

作为一种著名的蔬菜，葵的身影在古代诗文中不难寻见。汉乐府《十五从军征》曰："中庭生旅谷，井上生旅葵。""舂谷持作饭，采葵持作羹，羹饭一时熟，不知贻阿谁。"这几乎是对于战争最为沉痛的谴责。《长歌行·青青园中葵》起句便是"青青园中葵，朝露待日晞"，晋代潘岳《闲居赋》中有"绿葵含露，白薤负霜"之句，南朝宋诗人鲍照甚至专门写过一篇《园葵赋》，用极尽鲜丽之辞来描写葵菜："……勾萌欲伸，丛牙将放。尔乃晨露夕阴，霏云四委，沉雷远震，飞雨轻洒，徐未及晞，疾而不靡，柔莩爰秀，刚甲以解。稚叶萍布，弱阴竞抽，萋萋翼翼，沃沃油油，下葳蕤而被径，上参差而覆畴，承朝阳之丽景，得倾柯之所投。"

到了明代，葵菜的地位似乎变得大不如前了。李时珍在《本草纲目》中将葵列入草部而非蔬部，并解释说："古者葵为百菜之主，今不复食之，故移入此。"李时珍这句"今不复食之"，到清朝时激起了植物学家吴其濬大大的不满。吴其濬应是在湖南做官时见到并吃到了冬葵，便认为李时珍的结论"殊误"，且李"此语出"将令"不种葵者不知葵，种葵者亦不敢名葵"，从而引发诸多后果。吴其濬是个妙人，嘉庆二十二年（1817年）状元，先后任翰林院修纂，江西、湖北学政，兵部侍郎，官至湖南、湖北、云南等省总督或巡抚。他极爱植物，每至一处，必搜集标本，绘制图形，并结合历代有关文献进行研究。历时七年后，终将实地考察及宦游之所得，写成《植物名实图考》一书。此书共三十八卷，收录植物一千七百一十四种，附图一千八百多幅。我读《植物名实图考》时，时常惊讶于书中所绘插图的精确；我之喜欢吴其濬，却不仅仅为着这份认真与执着——总是无端地觉得，但凡热爱植物与自然之人，总该是清朗明洁，眉宇间透出洒落从容之气的。

吴其濬用很长的篇幅来写冬葵，并慎而重之地将之列为蔬类第一品，起笔便曰："冬葵，《本经》上品，为百菜之主。江西、湖南皆种之。湖南亦呼葵菜，亦曰冬寒菜。"可见在清代，湖南仍保有"葵菜"这一称谓。"葵"这个充满古意的名字究竟是从几时开始渐渐湮没不彰的呢？从我记事起，吾乡只知冬苋菜而不知葵菜。冬苋菜，想来本是冬寒菜之误——湖南方言中"苋""寒"二字发音接近。冬苋菜是冬春时节的家常菜，菜叶的样子很好看，圆圆的扇面形，鲍照《园葵赋》中说如同"豚耳鸭掌"，上面还有一层细细的茸毛。叶色碧绿，叶脉上却染有紫色。在老家，冬苋菜的吃法大致有两种：一是摘下叶片加一点肉丝做汤吃，正是"采葵持作羹"；一是将鲜嫩的菜梗切成小段，与豆豉辣椒同炒。冬苋菜做出的汤是深绿色的，白居易《烹葵》诗中说"绿英滑且肥"，"滑"正是冬苋菜叶的口感，甘美柔滑。讲究点的，做汤时丢几棵菌子下去，更为清香扑鼻。冬苋菜汤很好喝，冬日里的蔬菜都带着霜雪的清气。小时候爱用冬苋菜汤泡饭吃，后来在广州吃到菜心粥，觉得甘香犹不及冬苋菜汤泡饭。大约正如汪曾祺先生所言，小时候吃到的东西总是最好吃的。豆豉辣椒炒冬苋菜梗子是一道清新的下饭小炒。绿油油的嫩菜梗，鲜红的辣椒圈，黑色的浏阳豆豉粒，看着便清爽可人。妈妈炒的冬苋菜梗子香辣脆嫩，冬日里大舅舅踏雪来我家小坐，父母留饭，父亲意兴盎然地开一瓶酒，妈妈做的菜里必有辣椒炒冬苋菜梗。舅舅五岁学二胡，十岁习书法，口味也很文艺化，不爱肉食，专喜酸辣开胃的小菜。父亲与舅舅闲话对酌，一顿饭能喝大半瓶白酒。这情景要很多年后回忆起来才觉得清丽：窗中雪，杯中酒，盘中葵。

吴其濬是河南固始人。他应当是到湖南当巡抚后才第一次见到葵菜。其时，北方人大约都已不识葵为何物了。我来广州后，发现岭南也少见葵菜。如今仍在种植并食用葵菜的，只有湖南、四川、江西诸省。“百菜之主”为何会渐渐从餐桌隐退？汪曾祺先生在《葵·薤》一文里认为是由于后来全国普遍种植了大白菜，大白菜取代了葵。这一推测不无道理。宋代时，我国已培育出白菜的佳品，高产，耐寒，滋味鲜甜，大约已为葵菜所不及，且白菜适宜于多种烹饪方式，这也是葵菜无法与之比肩的。而唐宋之后，茄子、黄瓜、菠菜、莴苣、扁豆、刀豆等外来蔬菜先后在我国广泛引种，蔬菜品种已十分丰富。兼之葵菜本就性寒，《本草衍义》中曾谓“冬葵苗，性滑利，不益人”，大概就是这种种内因与外因，终于导致葵菜渐渐退出了餐桌。

粤湘两地相近，冬日里想吃老家的红菜薹白菜薹都容易，菜市场里自家乡运来的新鲜肥嫩的菜薹一把一把码得整整齐齐，买者亦众。但市场上很少找得到冬苋菜。这种古老的蔬菜，不知为何一出湘、赣、川诸省便难觅踪影。就算想吃，也只能自蛰伏在舌尖上的记忆里去寻觅那一缕凌霜的清气了。

在梅树边

今年第一次到萝岗香雪，梅花才刚刚开。花开得疏朗，比密挤时更加淡雅秀丽。一粒一粒明晰的白花仿佛十万星辰，渐渐沁入靛蓝的天幕中。蜂蝶闻到早梅的香，成群结队地赶来了。梅林中常见一种彩蝶，黑底上撒着橙红鹅黄蛋白的斑点，停落在白梅上恰恰相宜，是秾蝶恋素花。

梅花难拍。交错的枝枝丫丫扰乱背景。后来在园子一侧找到一面苍青的中式砖墙，墙边几株绿萼梅，心下窃喜，遂一心一意拍我的古典清逸折枝梅。拍了这么多年梅花，就数这几枝好看。古朴的静色背景烘托出横斜的枝晶莹的瓣，花萼绿意如染，照片仿佛闻得见香气。

梅树在南方才种得活。张丛碧曾自江南移植四株梅树到北京寓所，最后只活了一株。他填词说是“霜寒忒恶，倚修竹衣单袖薄。似明妃，胡天不惯，抱恨向沙漠”。邓云乡是北方人，初次看见的梅花是自花局子买回的盆梅，须摆在室内，让阳光照着，屋里的热气蒸着，才又香又艳。梅花也怕冷，所以在江南和岭南才开得好。屈大均在《广东新语》里很骄傲地记录："梅花惟岭南最早。""吾粤自昔多梅，梅祖大庾而宗罗浮。罗浮之村，大庾之岭，天下之言梅者必归之。""自大庾以往，溪谷村墟之间，在在有梅。而罗浮所产梅花，肥大尤香。"萝岗香雪最早的梅香就来自庾岭。南宋萝岗名士钟玉岩告老还乡时路过大庾岭，带回大批梅树幼苗，遍植萝峰山上。他自己在梅树边讲学。几年后梅树长大成林，开此地香脉。钟玉岩想必是个生动有趣的人物。他并非文弱书生，任福建参议时，日本船只时常到厦门沿海一带骚扰抢劫，他组织乡勇多次击退倭寇，因此受到嘉奖，升任朝议大夫。一手变出一个梅林，其间的快乐或许不亚于讲学时听众如云。宋人都没命地爱梅花。

关于罗浮梅花，则有一个著名的梦。唐代柳宗元《龙城录》里有一则异闻《赵师雄醉憩梅花下》，张岱《夜航船》也收录了这个故事，名曰"林间美人"："罗浮飞云峰侧有梅花村，赵师雄一日薄暮过此，于林间见美人淡妆素服，行且近，师雄与语，芳香袭人，因扣酒家共饮。少顷，一绿衣童来，且歌且舞。师雄醉而卧。久之，东方已白，视大梅树下，翠羽啾啾，参横月落，但惆怅而已。"中国古代有不少花妖鸟怪幻化人形的传说，这一则难得是干净，邂逅美人不过醇醪对饮，一旁起舞的童子是枝上翠禽，结局又带点诗意的怅然。罗浮梦成为诗家常用之典故。我自己填词时也用过。

文人咏梅还有两个有名的典故，一是驿寄梅花，一是寿阳公主梅花妆。盛弘之《荆州记》里记载，南朝宋人陆凯自江南折梅一枝寄给长安好友范晔，并附诗一首："折梅逢驿使，寄与陇头人。江南无所有，聊赠一枝春。”陆凯一定没有想到，那枝梅花会长久地活在诗意文字里。“好枝长恨无人寄”，“一从别后各天涯。欲寄梅花，莫寄梅花”。寄梅花这一举动本就诗性细腻。梅花妆的故事出自《太平御览》：“宋武帝女寿阳公主，人日卧于含章殿檐下，梅花落公主额上，成五出花，拂之不去。皇后留之，看得几时；经三日，洗之乃落。宫女奇其异，竞效之，今梅花妆是也。”飞落在公主额上的想必是艳丽的红梅。梅花妆之典在小晏笔下，是“梅蕊新妆桂叶眉”，“笑面凌寒，内样妆先试”，到了姜白石笔下，变为清冷幽深：“犹记深宫旧事，那人正睡里，飞近蛾绿。”梅花妆后来演变为风靡唐代的花钿。唐代女子不像现代人追求羚羊挂角无迹可寻的裸妆境界，而是将脸当作画布，浓墨重彩，花钿面靥斜红，皮肤上华丽到张狂的一个梦。红梅花期比白梅晚，每年见到的红梅都是重瓣，从未找到过五出红梅。

香雪公园附近有许多小档口卖青梅酒和袋装青梅。梅子是村民自家用糖水泡的，酸脆清爽，一天只能吃三两颗，否则牙很快倒掉。青梅酒是新鲜梅子浸泡的酒。青梅酒有两种，一者以青梅浸泡，一者以青梅发酵酿造。粤地都是浸泡青梅酒，我在从化和萝岗都买过。平时下班后喜欢先不做饭，一个人坐在卧室地板上，靠着地柜边喝酒边听音乐。不要开灯，天光渐渐暗淡，最后只剩音响的蓝光闪动，有声的寂灭。喝红酒时听粤语老歌，柔靡香酽。佐青梅酒仿佛是笛音箫音更相宜，纯粹中国式的欢喜幽愁。笛子是永远的淡绿少年，未识愁滋味，箫是长大后的笛子，有了一些不愿为人知的幽独心事。《梅花三弄》用笛子吹来，如少年在梅林飞扬清爽地奔跑，香远青衫薄。箫声版的《梅花三弄》却是幽淑女在梅边，心似缱，梅花白雪都飞得柔丽缠绵。

前几年正月，与同事相约去从化流溪香雪看梅花。“流溪”二字真美，清丽纤微的漾动感，花因水而灵动，花落水流的画面想一想都心中荡然。车子停下来问路，当地人说，梅花早谢了，等明年吧。我们仍然在料峭春寒里意兴盎然地玩了两天。翌日启程时雨后山上烟岚袅袅，湿翠澄净，仿佛因为在梅树边，整幅山水都染上了仙气。天地怡静里我们好似月夜访戴的王子猷，“乘兴而行，兴尽而返，何必见戴？”

年年探梅花，还是到萝岗香雪最为便捷。时常遗憾“萝岗”二字粗硬乡气，与梅花南辕北辙。瞎操心时就想着若要换名取哪两个字更好？或许“玉岩”可用。“玉岩”二字有柔媚有清刚，算是配得起梅花。此处香雪海本由钟玉岩开辟，玉岩香雪可谓实至名归。

花时

一部植物《岁时记》。自春至冬草长花开的细致记载，让似水流年染透草木清芬。广州花市缤纷热烈，岭南除夜，微微淑气已欲生春。杏黄赭色的落叶诠释清明时节特有的情调，立夏之日栀子花白黄蝉花黄。秋日的异木棉花开如瀑，立冬时的黄花槐浮光跃金。时光从容流转在花开花落之间，每一个片段皆似舒缓流丽的慢镜头，活色生香，却让人心生静气。

风蜡花

二〇一四年一月二十八日

今天是大年廿八。粤人风俗：年廿八，洗邋遢。不过家居清洁前几天已陆陆续续完成，余下的轻松任务是买年花。小熊上午自员村二横路花市扛回一枝桃花，花苞密密，竟只需八十块钱。今年政府机关节俭过年，不摆年花，桃花也便宜了。小熊自觉桃花挑得漂亮，电话里得意地说，一路上频频有人问他：靓仔，咁靓枝桃花要几多钱吖？

中午我也往二横路花市走一走。前两天朋友送了盆大花蕙兰来，因此不打算买盆花了，逛花市只是随意看看。准备大年三十再买插瓶的鲜切花。花市上人渐渐多起来，年花与往常差不多，牡丹、杜鹃、各式兰花、大丽花、金桔、水仙、贴梗海棠、菊花，朱砂根依旧被呼作“金玉满堂”，鲜切花仍是百合、玫瑰、剑兰、各色菊花，银芽柳的花芽大都被染成红或绿色。有几家卖黄色的香雪兰，在一大片姹紫嫣红里很清雅。忽然看到一大丛风蜡花，停下来，特意问档主是什么花，答曰蜡梅。很有意思，前年买风蜡花时，档主也是这么回答我。其实风蜡花又叫澳洲蜡梅，却与中国蜡梅相去甚远。当下买了几枝回家。

这回用白瓷胆瓶插花。寥寥数枝，映着白墙，颇有禅意。风蜡花是桃金娘科灌木，原产于澳大利亚西部，插花时常被用作填充花。其实风蜡花单独插起来更好看，一枝，两枝，窈窕疏朗。叶似松针，花如粉梅，清香淡淡。对着花，仿佛从年下纷繁的忙碌里偷得一点澄静光阴，热闹中暗自抽身片刻的欢喜，来得隽永明澈。

微微淑气欲生春

二〇一四年一月三十日

除夕夜。客厅的桃花已开得很好，枝头绽出鲜绿的叶芽，饱满花苞也清艳，星星点点如新梦。

水仙花气里读《沚斋词》《童轩词》，隐约听到放烟花的声音。想起自己也该写点什么，方不负花开：

浣溪沙·除夕

依约烟花辨幻真，小桃枝点艳脂痕。凌波著意染缃裙。

缱绻深怀飞似梦，蹁跹旧事散成尘。微微淑气欲生春。

得水能仙

二〇一四年二月一日

因为天气暖，今年水仙开得早。分了三盆，客厅一盆，书房一盆，主卧一盆。

水仙香气幽鲜，清甜，有点接近梅花香。

明人张丑在《瓶花谱》中将水仙定为一品九命，为瓶花最高品级，与兰花、梅花、牡丹、蜡梅等同列。文震亨《长物志》记载："水仙，六朝人呼为雅蒜。"可见六朝时中国已有水仙。《广群芳谱》中说"唐玄宗赠虢国夫人红水仙十二盆，盆皆金玉七宝所造"。皇帝特地赠予小姨子，且以如此贵重的器皿供养，水仙在当时无论如何当属稀罕物，寻常人等想来难得一见。到了宋代，《南阳诗注》谓："水仙花，外白中黄，茎干虚通如葱，本生武当山谷间，土人谓之天葱。"此时水仙已较为常见，且为士大夫所爱重，黄庭坚、刘邦直、杨万里、刘克庄都作诗吟咏过水仙花。但《南阳诗注》中提到水仙"本生武当山谷间"，似乎认为水仙由武当山谷间自生，这是个美丽误会。据植物学家考证，中国水仙是归化植物，极可能是于唐初时自地中海区域传入我国，在五代至宋初逐渐传开，成为士大夫和上层人士爱赏的珍品，到宋熙宁至元祐年间已较为多见。武当山上的水仙，当属引进后落户于当地的异域胭脂。

唐代段成式《酉阳杂俎》中有一段关于“奈祇草”的文字：“奈祇出拂林国，根大如鸡卵，叶长三四尺，似蒜，中心抽条，茎端开花，六出，红白色，花心黄赤，不结籽，其草冬生夏死，与荞麦相类。取其花，压以为油，涂身，除风气。拂林国王及国内贵人用之。”文中描述的“奈祇”分明是水仙，“奈祇”一词当由水仙的波斯语Nargi音译而来。段氏所说拂林国，即东罗马拜占庭帝国，该国曾多次派遣使团出访唐都长安，水仙是在此期间传入中土的吗？

今年养的水仙都是单瓣的“金盏银台”，正合心意。往年养过重瓣水仙，重瓣水仙又称“玉玲珑”“百叶水仙”。杨万里曾作《千叶水仙花》诗：“薄揉肪玉围金钿，细染鹅黄剩素纱。台盏原非千叶种，丰容要是小莲花。”其实重瓣水仙远不如单瓣水仙简净清秀。

东风牡丹

二〇一四年二月三日

百花以牡丹为王。“牡”字本义为雄性鸟兽，因牡丹花大色艳，枝干粗壮有力，似雄性，故名。

但历来看花之人，恐怕很少会把牡丹看作雄性。“绝代只西子，众芳惟牡丹”，仍与美女并列。只不过既为花王，气势自然不同。“惟有牡丹真国色，花开时节动京城”，声势排场非众花可比。

岭南水土气候皆不适宜牡丹生长，花贩们却也能种出牡丹。《广东新语》记载：“广州牡丹，每岁河南花估持根而至，二三月大开，多粉红，亦有重叠楼子，惟花头颇小，花止一年，次年则不花，必以河南之土种之，乃得岁岁有花。”“必以河南之土种之”，应是因为牡丹宜碱性土。牡丹长得好的地方土中都含碱，汪曾祺先生说过，在菏泽没法喝茶，那里的水沏出的茶颜色深如酱油，入口咸涩，但菏泽牡丹甲天下。

广州年宵花市也总有牡丹陈列。叶灵凤写过一篇《牡丹》，介绍牡丹在穗港两地的种植情形，说从前花市的牡丹是为满足西关富户和十八甫大商家过年需求而种，全部放置密室，以火烘之法使之提前开花，但往往没有叶子，光秃秃的枝干上开着几朵花，“简直滑稽得令人发笑”。

现在培植技术大大提高，花市上牡丹都长得叶繁花艳。据说广州花市卖的多为菏泽牡丹。牡丹按生长地不同，分为三派：以洛阳牡丹为代表的北派牡丹，被誉为“甲洛阳”的菏泽牡丹，以及重庆南派牡丹。华南植物园近年来每逢春节便在温室区举办牡丹花展，曾经展出过菏泽与重庆牡丹，今年轮到洛阳牡丹登场。介绍说共有九大色系、六大花型，八十个品种一万余株花。

今天到植物园看牡丹展，游人如织，看花人多，摄影的人也多。我不熟悉牡丹品种，只觉得花开得极大，红、紫、黄、粉各色皆如灿锦烂绣，整个温室区花香浓郁，蜜蜂无数。牡丹的美，丰硕明艳，当得起“国色天香”四字。唐人爱牡丹，“花开花落二十日，一城之人皆若狂”，真是豪华。唐代牡丹以大红大紫的深色为贵，“一丛深色花，十户中人赋”，白色则备受冷落。裴潾有一首《裴给事宅白牡丹》，为白牡丹不平：“长安豪贵惜春残，争赏街西紫牡丹。别有玉盘承露冷，无人起就月中看。”“玉盘承露冷”五个字泠泠有声。今天的展览上也有白牡丹，舒展如玉盘，花蕊金光点点，幽香扑鼻。

有关牡丹的诗，印象最深的还是陈与义的《牡丹》：“一自胡尘入汉关，十年伊洛路漫漫。青墩溪畔龙钟客，独立东风看牡丹。”一一三六年的春天，因战乱流落异乡的诗人，在远离故乡洛阳的青墩溪畔，独自看着新开的牡丹。大悲至简，诗写得平淡寻常，只是一幅无声的素描：渐渐衰老的异乡客，应时而开的牡丹。“独立东风看牡丹”，一切都不肯说出口，但似乎又什么都说了。

这大约是古诗里，最意味深长的一丛牡丹。

小梅枝上东君信

二〇一四年二月四日

今日立春。一早便往萝岗香雪看梅花。这个时节白色的果梅已谢，可看的是宫粉、朱砂和美人梅。

今天是大年初五，香雪公园游人仍然不少。宫粉梅花过了盛花期，想必是春节前一段时间气温偏高，梅花早早都开过了。朱砂梅与美人梅也开得不大好。美人梅是重瓣粉型梅花与红叶李的杂交品种，花色粉红中微微偏紫。朱砂梅更好看，秾艳剔透，幽香动人，可惜岭外无雪，艳色红梅宜映白雪。

上回来看梅花还是去年十二月底，那时果梅才开了一点点，枝密花疏，格外清逸。如今绿叶满枝，梅子累累。王国维有一首《临江仙》，写思妇于梦里追寻征人，却始终迟到一步：对方又已拔营，梦魂徒劳往返。下半阕："郎似梅花侬似叶，朅来手抚空枝。可怜开谢不同时。漫言花落早，只是叶生迟。"将所爱比作梅花，将自己比作梅树叶子。我们如梅花的花叶不能相见，但不怨花落得太早，只怪叶生得太迟。如此哀伤，却全无怨怼，真是谦卑温厚之至。我更愿意将此看作一种至高的情感境界，对所爱，对理想，“亦余心之所善兮，虽九死其犹未悔”。

记得这一两年来也写过一些梅花词，晚上翻找出来，一共是三首。

鹧鸪天·梅

一树琼瑶占早春。依稀素月证前身。笛中深意宜三弄，袖底清芳恰半醺。

霜有梦，雪无痕。重来犹是惜花人。幽怀待要留香住，拟向心湖种玉魂。

减兰·月下梅花

莹珠才吐，澹荡香欺衣袂素。十万星辰，沁入青冥比梦真。

清辉映彻，一笛吹残眉样月。拂晓溪湄，心逐双禽带雪飞。

鹧鸪天·萝岗香雪白梅渐谢

骀荡东风到小园。暗香疏影半阑珊。罗浮绮梦随云杳，庾岭南枝逐水寒。

寻旧意，续前缘。寸心无计绾清欢。此身争化玲珑雪，笼住琼英不许残。

又，同事今日自韶关回广州，途中拍到正在盛放的李花，清明如雪。白云山的桃花大约也开得很好了。木兰、樱花、木棉、宫粉紫荆将次第绽放，大叶榕枝头正酝酿新芽。春天来了。

早春的玉兰

二〇一四年二月十四日

想着玉兰怕是开了，中午与小熊到植物园木兰园看花。白玉兰和二乔木兰果然都开了，但是开得很少，抬头望到的，多是大片草稿般的线条，上面疏朗地缀着大花苞，伸展在深蓝的天空下，美如梅花鹿角。春天就是从一组线条开始的吧。摇漾春如线，展尽黄金缕，还有以天幕为画布，一笔一笔勾勒或繁复或简练春心的硬朗枝柯。

没有看到繁花，心里反而踏实，甚至妥妥放下一颗心。我懂得稼轩说“惜春长怕花开早”时的心情了。最怕碰上特别温暖的春天，花忽然就开了，转瞬零落一地。总是希望天气冷一些，花开得慢一些。园中的二乔木兰多是花蕾，像正待挥毫的斗笔。半开玉兰宛如玉雕。玉兰真是明隽啊。树下绿草茵茵，我记得这里生的大部分是紫花酢浆草，再过一个多月应该就开花了。有一回四月到园中来，一地都是盛放的紫花酢浆草，像巨大的绣紫花的绿毯，令人震撼。这是记忆里生有最多紫花酢浆草的地方。

在植物园还遇到两棵火炬刺桐，枝上几乎不见片叶，艳色花朵惊心动魄，把整片天地都点亮了。刺桐开花要比木棉早多了，花期也长。还有几树重瓣桃花，叶绿花红开得闹采采。

春痕

二〇一四年三月六日

浣溪沙

缱绻东风入旧门。幽窗画意渐成新。日高花影与人亲。
白鸟斜飞天浩荡，茶烟淡袅碧氤氲。细调筝柱试春温。

隔岸轻红辨未真。长篙撩乱嫩波纹。子规声远绿纷纷。
澹荡风来温蝶梦，潺湲雨散湿梨云。游丝何处罥春魂。

似海长天澹澹云。归来燕子认前村。熏风惹叶动黄昏。
一夜榕芽才点翠，半园桃蕊已飘尘。待铺玉版拓春痕。

榕芽与串钱柳

二〇一四年三月九日

下午与小熊步行到暨南大学，想看看那里的几棵李花。没多久就找到了，三四棵树都不高，已经长了满树翠叶，花期想是早已过了。李花是开得很早的。

吸引我的是一路的大叶榕。旧叶悉数落尽，枝上发了密密的芽，小部分新叶已然长成。在四季常绿有花的岭南，春的新生鲜嫩其实是靠大叶榕来演绎的。榕芽的乍现甚至不能以“发”或“迸”这样重拙的字眼描述，它仿佛是熏风拂出来的，丝霖滴出来的，是谁站在半空，酿一口春气呵出来的。天很阴，刚冒嫩尖尖的枝柯像舒展在淡白天幕上的五言绝句，清丽简净，好看极了。

从暨大北门出来，穿过中山大道到华师。中山大道两侧的大叶榕倒是新叶满枝了。大约因为主干道的温度比校园内要高，新叶生得要快一些。想起去年一个春夜，与小熊开车路过中山大道，灯下看到梦幻般的片片嫩绿漾过，清丽迷离，电台里正好流出陈慧琳的老歌《多少柔情多少梦》，空气中满满是柔馨暖湿气息，幻想此刻若打散头发，飘飞的发丝上也会生出翠嫩新叶，我是披发御风的林下人。

华师的锦绣杜鹃开得很好了。玫红粉红与白，一大丛明媚饱满。宫粉紫荆雾蒙蒙的一抹，毛茸茸的草地上缀着落花。湖边一大棵串钱柳开了红花。这棵串钱柳有些年龄了，枝条很长，蓬蓬地垂下，是我见过最有柳意的一株串钱柳。瓶刷子一样的红花远望像挂在树上的一盏盏小红灯笼。串钱柳是常常被忽略的春花。红与翠的搭配其实极富存在感，缺憾在绿不够鲜亮，红又不免暗沉，且花与叶都太过硬挺，花开得几近怒发奋髭，不符合人们对于春花或清丽或鲜妍或妩媚的期望。只有花开正盛时，才会猛然惊讶于那一团红得几乎发黑的、不修边幅的春色。这种颇为特立独行的花树是桃金娘科红千层属的常绿灌木或小乔木。“串钱”二字源于独特的果实，结果后木质蒴果悬挂枝头，如同一串串铜钱。

压畦春露菜花黄

二〇一四年三月十五日

今天到花都梯面镇红山村看油菜花。天阴阴的，是喜欢的清冷湿润的早春天气。一路上木棉开出碗口大的红花，绿化带的红花檵木也正开着紫红细条花。到了梯面镇，车子又走了许多弯曲的小路，才进入红山村。

一大片油菜地，并非想象里的浩瀚花海。几块花田，有的花开得繁盛一些，有的田里大部分花还未绽开。下了车，带着凉意的软风扑面而来，油菜地的记忆忽然鲜活起来。嗅觉真是最坚固的记忆。甜丝丝的清香里夹杂着泥土香气，让人想闭起眼睛。

田边，两株红桃已开得十分零落，正是刘禹锡说的“桃花净尽菜花开”。先走花开得最好的田地。站在花田间的小径上，眼前只剩嫩绿与鲜黄，有人站在花丛里拍照。油菜下面长了数不清的牛繁缕，极小的花，一星一星的白色。田埂上许多藿香蓟，紫色的花很显眼。田埂很窄，因为下过雨，许多地方的泥土十分潮软，走着走着就眼晕起来。

油菜古时叫芸薹。《本草纲目》：“芸薹：寒菜，胡菜，薹菜，油菜。此菜易起薹，须采薹食，则分枝必多，故名全薹；而淮人谓之薹芥，即今油菜，为其子可榨油也。”《随息居饮食谱》里说：“芸薹，辛滑甘温。烹食可口。散血消肿，破结通肠。子可榨油，故一名油菜。形似菘而本削，茎狭叶锐，俗呼青菜，以色较深也。”

之所以别名胡菜，是因为芸薹最早种植于当时的“胡、羌、陇、氐”等地，亦即现在的青海、甘肃、新疆、内蒙古一带，而后逐步扩展到黄河流域，再以后传播到长江流域一带广为种植。而被称为寒菜，据《唐本草》中说，是因为油菜于“冬月种之，能历霜雪，故又谓之‘寒菜’”。

小时候油菜花田随处可见。春风一起，郊外一片又一片明黄的花海，惹得蜂蝶成群而至。油菜长得齐整而高挑。低矮的是草籽花，很久以后才知道它有个好听的名字叫紫云英。草籽花期似乎更在油菜花之前，纤柔的紫色小花，像精致的小碗，在风里摇晃不定。我更喜欢草籽花田，一眼望去是看不到边的翠色镶粉紫花毯，在淡青天幕下恍如梦幻。有时沿着大路一个人走上很久，两边皆是连绵的轻紫，布谷鸟的身影飞快地掠过。

如今，昔时司空见惯的油菜花田成为春时旅游的热门景点，要跋山涉水才看得到。紫云英花田更为少见，化学肥料的普及，让农家不愿意再费时费力种草籽作绿肥了。

中午时分，看花人渐渐多起来，田边大路上停满了车。在花田边的农庄吃农家菜，吃到了香滑的农家鸡和碧绿清甜的油菜。

春分前

二〇一四年三月二十日

中午与小林去华南农业大学，专为看宫粉紫荆与白花紫荆。

进了校园，便听见隐隐春雷，天空转为灰青。一路都是娇翠的大叶榕和氤云氲雾的紫荆花。下车拍了几张照片。看到两树红得很深的宫粉紫荆，中间最艳的一瓣简直是点绛唇。学生们都嚷着“要下雨了”，飞快地骑着车。

雨很快落了下来。

我们决定先找地方吃饭。半途向一个没带伞的女生问路，顺便载她一程。她说紫荆桥那边的花还未开好，不如在校内看。把她送到宿舍，旁边恰好就是湘园，点了好几个辣菜吃。

吃完饭天也放晴了，穿一件衬衫都嫌热，风里闻到初夏的气味。要等弱冷空气吹来，才能重新回归春日。忽然想起明天就是春分日，“春色正中分”。草地和小山坡上都长满紫荆，花开了五成，尚未到云蒸霞蔚的盛期。一棵宫粉紫荆下停落一只白头翁，在树下自在地沉思一阵，拍拍翅膀滑过春气飞远了。花下已有零零散散的人在拍照。这种杂花缀树的图景不好拍，后来找到一道红墙，白花紫荆的窈窕花影一下跳脱出来，澡雪剔透。拍了好多张。红墙白花，阳光寂寥的下午，水汽充足的南风，像一则清绝惆怅的古典爱情故事。

紫荆林里有开到荼蘼的红茶花，高高几株黄花风铃木，树很低矮的串钱柳，才绽开一点点红。这是第一次看清串钱柳未开的样子，花穗上一串小绿珠。林子边的池塘里一池粉色睡莲。

紫陌红尘

二〇一四年三月二十二日

惦记着湖边的紫荆和满山杜鹃，上午催着小熊与我一起去华南植物园。上午十点多，园门口车子排起长龙。路边有卖烤白薯的小摊，香气诱人，下车称了一大个，两个人分着吃完，车子还在慢慢向前挪。停车场已经满了，最后只能泊到园子里的路边。

远远望到杜鹃园的姹紫嫣红。三月广州处处有杜鹃，但最多的品种还是在植物园。大红，紫红，深粉红，浅粉红，白色，一堆一堆柔艳的彩雪，阳光下像着色酣畅的油画。杜鹃是一场丽色化作彩云飞的缱绻春梦。

再往木兰园。中间在一个小卖店门口坐了一会，吃冰淇淋。小卖店旁边有几棵极高的黄花风铃木，平时见到的黄花风铃木都只是敷衍零落地开着花，这几株是我见过开得最繁艳的。金色夺目的花光，阳光下澄澈剔透，贵重无匹。很想用这颜色描一对活活生动的画屏金鹧鸪，只怕温庭筠也要惊叹倾倒。

路过游廊上的禾雀花。里面累累挂着的，都是罕见颜色，粉红，深紫，紫白相间。深紫色的更像一串串饱满多汁的葡萄。禾雀花并不具有一般意义上的花之美，这么多人涌过来看，大约不为美，只为奇。有一年在天鹿湖森林公园看禾雀花，满山累累坠坠如成串春鸟。在发了酵让人呼吸费力的花气中，一路趔趄恍惚疑惑：花与禽鸟如此神似，是鸟被施了定身法变成了花，还是花想飞最后长出了翅膀？仿佛被施加过灵性，白色花摘下两三个小时内会渐变为褐色，形态色泽更酷似禾雀。若损伤花瓣，有红色汁液沁出，如受伤的幽禽。可惜未能看到花鸟同处彼此亲昵。

木兰园中玉兰与二乔木兰都已绿叶亭亭。有几株含笑正盛放。一地都是紫花酢浆草。绿色丝棉被套上绣满星星点点的紫花，也有几点金黄，是黄花酢浆草。野花也有自己的传奇。一路走来，紫花黄花酢浆草，黄鹌菜，蟛蜞菊，都在闪亮地盛开。

最后才到湖边。馨云柔雾的宫粉紫荆与白花紫荆，因为未到花势最盛时，反而更令人魂牵魄动。仿佛面对淡扫蛾眉的美人，去想象她盛妆华服的艳色，止不住暗暗惊心。花下有好几对拍照的新人，柔靡的婚纱曳地。风吹来，碎花一天一地飞舞。我想即刻端容正色向春神致敬。造化怕人心荒芜，所以要酿出春天让人动容动神，令世心不枯。在花下徘徊许久，不得不走时仍然频频回首，万千花朵铺排出紫陌红尘神秀风流，余光中说每次看雨中的白花紫荆，“总是看到绝望才离开”，半分也没有夸张。

荠菜、香椿与马齿苋

二〇一四年四月二日

今天是农历三月初三，按家乡风俗，要吃荠菜煮鸡蛋。下班后到菜场转了一转，没有找到荠菜。后来到超市买荠菜鲜肉饺子回家煮了吃，算是应个景。

荠菜在故乡是随处可见的野蔬。辛弃疾说“城中桃李愁风雨，春在溪头荠菜花”，淡绿的春风吹过，田埂上开得星星点点的全是荠菜花。三月初三前几日，乡间的田边山头，处处可见挽着篮子挖荠菜的人。家乡呼荠菜为地菜。小学时妈妈在一个小镇上工作过几年，三月三这天，附近相熟的农户会送来大捧地菜。妈妈将地菜洗净，与鸡蛋一起放入锅内煮，再放几粒红枣与冰糖。除了吃鸡蛋，这一天还要喝一碗甜津津带着青鲜气的地菜水，据说可以清肝明目。地菜水的味道我说不上喜欢，但也不抗拒。而锅内那把青灵灵的地菜只作煮水用，从无人吃的。因此三月三这日，真正吃的是地菜水煮的鸡蛋。后来看见别人写凉拌荠菜如何清香，一直很好奇，可惜从无机会亲自拌来吃一次。

香椿也是春天有名的野蔬。小时候早春时节，外婆常带着我，到香椿树前摘下紫红的嫩芽，回家用水焯过，再切碎了煎鸡蛋。香椿芽有股特殊的香气，小时候喜欢新鲜，每回吃香椿煎蛋总格外高兴。蛋饼盛在粗瓷盘子里，像一块浓缩的春天。前两天在菜市场看到有个档口在卖香椿，一小把一小把码得整整齐齐，我见叶子已长得很大，便没有买。香椿叶一定要是嫩尖尖才好吃。

还有一样常吃的野菜是马齿苋，这个夏天才有。在外婆家过暑假，晚饭桌上有时会有一碟清炒马齿苋，外公说，吃了能清火败毒。马齿苋是暗红的长梗子，椭圆形的小叶子长成一簇一簇。家乡未见过马，但据说这小叶子形如马齿。马齿苋吃起来味酸，吃惯了就觉得清爽开胃。前两年，有一回婆婆说在菜场买到了马齿苋，我很期待在异乡重温童年的滋味，等上了桌，才发现婆婆所谓的马齿苋其实是野苋菜。野苋菜清甜脆嫩，但形味皆与马齿苋相去甚远。我说给婆婆和小熊听，他们只是不信，我便疑心粤人是否都将野苋菜误当成马齿苋。后来一位姑娘告诉我，广东人尤其是客家人是认识且爱吃马齿苋的，清炒，或放些皮蛋碎上汤，也有晒干后和着辣椒一起做馅包包子的。据说马齿苋包子很好吃，这种别致的吃法在家乡是没有的。

春天的足音

二〇一四年四月五日

今日清明。

听了将近一个星期的雨，雨声里时时交叠春雷，雨势大时白昼如夜。今天忽然放晴了。果然天清地明。天气预报说明后天又要下雨，便打算今天出去走走。

上午与小熊先去中大办了些事。一路上橙红木棉古艳端然。但是今年木棉开得稀疏，也许是雨水太多的缘故。串钱柳红到极盛。新港西路中央绿化带上，种的全是串钱柳！树都不大，花开得艳丽，一线秾红从车窗外滑过。中大绿意葱茏，有一条路两侧皆是大叶榕，初春时的新叶已转成深浓翠阴，里面藏着春鸟。

中午在“南草坪”西餐厅吃了午饭。从校园出来，决定去二沙岛绕一绕。那一线串钱柳，自新港西路一直燃到二沙岛。二沙岛的草坪上许多人在晒太阳，有几株高高的黄花风铃木，零星数朵小金铃耀眼通透。簕杜鹃开着疏朗艳丽的花，绕在路边的篱笆上。几棵大的串钱柳，长长的枝条垂下来，远望与垂柳非常相像。串钱柳很有意思，树小时不像柳，要长到一定高度，枝条下垂才像。但长高的串钱柳颜色会发暗，花的颜色也接近黑红，远不及小株串钱柳叶绿花鲜。

从二沙岛再到临江大道。夹竹桃琴叶珊瑚黄蝉初开，宫粉紫荆渐渐零落成泥。小叶榄仁新叶翠嫩，层层舒展的树枝满满是青春意气。小叶榄仁是青葱玉立的少年。

最后一站到华师。校园里几棵木棉都开得不好，零零落落几朵憔悴的红花。一列水杉绿雾袅袅。紫花酢浆草在草地上织着碎花。黄蝉高举着明黄小喇叭。中区湖边草坪上有一棵很美的刺桐，花事应该接近尾声了，但一串串辣椒般的花犹红艳欲滴，铺陈最后的华丽。白兰路上有人在扫落叶，一路走来，一地都是杏黄与赭色落叶，岭南春日特有的情调，“沙沙”脆响是春天的足音。

春暮

二〇一四年四月八日

又落雨了。

春天总是怕下雨，尤其是将到暮春之时。然而看过那么多花，似乎应该知足了。

宫粉紫荆盛期已过，接下来蓝花楹该开了。水乳相交若许年，花于我而言，早不只是风景与对象，更是挂念，是甘之如饴的心债，是任劳任怨的牵绊，是花面交相映的镜中人。

写一首新词送春。

浣溪沙

浥露榕芽着意新。轻雷才听又深春。一江烟雨湿啼魂。

闲梦半窗飘作絮，飞红几点落成尘。东风愁煞问花人。

拾取东皇劫后心

二〇一四年四月十二日

出门路过黄埔大道，一路宫粉紫荆落英缤纷。

减兰·宫粉紫荆谢后作

雨针风线，满绣轻霞惊望眼。粉雪纷纷，拂袂还疑梦里身。

渐堆香屑，十万繁华归寂灭。剩我沉吟，拾取东皇劫后心。

短萼仪花、首冠藤、粉美人蕉

二〇一四年四月二十六日

如果谁家屋边有一两株短萼仪花树，这家的孩子也许就不会近视。每次见到短萼仪花，都会这样想。短萼仪花树实在太高，据说可长到二十米，花期里只望见树梢上紫白相间的清丽水彩色，相机镜头也拍不到细部。要看清花的样子，只能到网上找图片。看仔细了，紫色是花瓣，白色是小苞片，白多于紫，加上弯弯曲曲伸展的雄蕊，是样子很独特的一种花。

上午在植物园姜园和城市园林景观园都看到正在开花的短萼仪花树。高高树梢上，紫与粉白鲜丽梦幻，像几只尾羽灿若锦绣的大鸟栖落枝头。短萼仪花是苏木科珍稀濒危植物，“仪”字好听也好看，让人联想起的都是好词语：仪态万方，仪静体闲，容仪端然。树形高挑开花雅致的仪花树当得起这些词，是大气场的“有美一人，硕大且俨”。

首冠藤也胡天海地开了。苏铁园附近一个亭子，屋顶和走廊全为首冠藤所覆盖，花开得密不透风，花枝柔长且四围垂下如流苏，亭子变作花屋。首冠藤是白色五瓣花，有粉红色脉纹，花丝淡红色，雅而不素。让我吃惊的是，这种木本攀缘花卉竟然是豆科羊蹄甲属植物，又叫深裂羊蹄甲。要留心才会注意到花形的确有些像小一号的羊蹄甲。

水生植物园花也开得热闹，最引人注目的是长在水里的粉美人蕉。一大片整齐的翠绿色枝叶，亭亭净植，顶部是鲜黄粉红的花，全体清晰倒映水中，水里的影子要短一些，临水照花，漂亮得完全不像真的，像莫奈的画。

从植物园出来，开车到二沙岛和临江大道兜了一兜。一天看了如此多花，心满意足。映山红，荷树，朱槿，白兰，黄蝉，金丝桃，栀子，狗牙花，琴叶珊瑚，夹竹桃，黄槐，含笑，巴西野牡丹，鸢尾，芦莉，水罂粟。草木名串联起来念，泠泠有韵，暮春初夏繁华似锦。

映山红

二〇一四年五月一日

晚上整理前几天在植物园拍的照片，映山红拍得最多。年年这个时候都要去杜鹃园看看映山红。三月开的锦绣杜鹃早已凋谢，整片都是映山红，把山坡都点亮了。那艳色弥漫在下午时分的斜照里，彤光流转，真是动人啊。

映山红是平生认识的第一种花。春风犹带寒意的时节，坐在外婆家的堂屋里，能依次望见田埂、草色浅浅的水稻田、倒映着山色的水塘和刚刚苏醒的春山。苍绿新绿之中，绯色的是映山红。开始时星星点点，渐渐红欺倒绿，如火如荼。乡间不拿桃李当花，开得再好，既无人正经观赏，也无人折枝插瓶，唯有映山红，年年都有人上山，大把折下，养在家中。映山红是清明花，清明前后开得极尽豪华。红花旁边，总是素色的白花檵木。山间墓碑前，纸幡袅袅，还有精巧的纸灯笼，随风飘摇。

小时候经常折映山红，家里的花瓶都被我插满了。不过从来没有人告诉我映山红是可以吃的花，也许身边的大人们也并不知道吧。

广州也多杜鹃，好几所大学校园的锦绣杜鹃都很出名。但我还是觉得映山红最好看。人生最初的相逢，总是最美好的。离开故乡的春天许多年，能记起来的，只是一些零碎的画面：燕子飞来，桐花坼苞，田间草色由近及远，一层层加深，斑鸠在后山“咕咕咕”咏叹，花族豪门般的映山红，在夕光晚照里，闪烁让人恍惚的光泽。

二〇〇八年在春天回了一趟故乡。前山后山的映山红正在开花，不知道为什么，并不如记忆里盛大鲜明，也不及在植物园看到的那样绿媚红狂。隔着一段光阴找回某些记忆时，往往会有此感。是回忆发生了些许偏差，还是人不能两次踏入同一个春天？老屋门前的路上有车子经过，是回乡踏青的人回城，后座的人倒是抱着一大把映山红，让人看了很高兴。车子驶远了，四面青山在春阳里归于寂静。那时候，我们正与外婆站在屋前看春山春水。记得天气还很冷，要穿一件大衣。湿润冰凉的风从脸上拂过，路边白色和黄色的菜花间有白色淡黄的蝴蝶穿梭，白鹭遥遥降落在漠漠水田，田野间深深浅浅的草色延绵数里，从脚下的田埂，直至远方苍青的山脚。

夜的茉莉

二〇一四年五月三日

晚上坐到阳台看茉莉。

这是今年第二轮花。草木之间也有默契，阳台上几盆茉莉，从来都是一齐开花。茉莉都在夜里开，初开的花香气浓郁，沁人肺腑。去年曾在灯影里用相机记录过一朵茉莉自含苞到盛放的整个过程。皎白花苞先是收拢，似乎将心爱之物，如宝如珠拢在怀里。渐渐地，花瓣微微张开，像一张皎洁精致的脸，若有所思地笑微微。等到静夜起了凉意，柔白花瓣才一片一片尽皆舒展开来。

今晚又拍了一批茉莉照片。拍茉莉要趁夜，黑暗才能最大限度地烘托出白色的质感、纹理与纤毫毕露的明艳。摄影是光的恋爱，弱光是心甘情愿隐匿自己成就对方的无私恋人。照片里，花苞花瓣皆如炎天冷雪。

拍完照回客厅，坐在花香里读周梦蝶的诗集。这本叫《刹那》的选集还是三年前买的，自《孤独国》《还魂草》《十三朵白菊花》《约会》和《有一种鸟与人》里各选了十几首作品。叶嘉莹先生曾应邀为《还魂草》作序，称周诗最大的好处，“乃在于诗中所表现的一种独特的诗境”。她解释说，这种诗境所表现的，“极近于一种自‘雪中取火，且铸火为雪’的境界”。叶先生认为，周梦蝶的诗，“以哲思凝铸悲苦”，既有属于火的“沉挚的凄哀”，也有属于雪的“澄净的凄寒”。叶先生最独具慧眼之处，是看出周诗“凡其言禅理哲思之处，不但不为超旷，而且因其汲取自一悲苦之心灵而弥见其用情之深”，此评可谓极为精准。

写现代诗的诗人喜欢的很少。杨牧是一个，惜字如金、长相气质皆枯寒萧瑟的周梦蝶是一个。周诗以深邃哲思与古典精致意象相交织，再糅入诗人孤绝沉郁的气质，有一种经得起咀嚼的寒瘦清奇。周梦蝶音乐感也极好。诗歌的美第一在音乐美，格律诗词以平仄格律保证了音乐美，现代诗无现成格律，非要诗人有音乐上的天分不可。周梦蝶天生音乐感与节奏感都好。

最喜欢的一首周诗是《善哉十行》，也是《刹那》中最后一首：

人远天涯远？若欲相见
即得相见。善哉善哉你说
你心里有绿色
出门便是草。乃至你说
若欲相见，更不劳流萤提灯引路
不须于蕉窗下久立
不须于前庭以玉钗敲砌竹……
若欲相见，只须于悄无人处呼名，乃至

只须于心头一跳一热，微微
微微微微一热一跳一热。

“心有灵犀一点通”的微妙以古典意象与细腻敏锐的诗感表达出来，音节音韵极美。在心里默念时我喜欢把最后一句自“微微微微”四字后断开，“一热一跳一热”另起一行，这样读起来也朗朗上口。

立鹤花与荷树

二〇一四年五月五日

今日立夏。

上午在植物园的某处栅栏边拍到很漂亮的喇叭形花，花瓣是纯正的紫色，花喉处一抹鲜黄。纤长的藤蔓依依绕着黑色栅栏，风致楚楚。想起蒋捷《贺新郎》中的两句："月有微黄篱无影，挂牵牛、数朵青花小。"但因为这几朵花花冠前端有明显五裂，因此断定并非牵牛。到百度"知道"传上照片提问，有人告诉我是立鹤花。

查了一下，立鹤花，爵床科立鹤花属，别名硬枝老鸭嘴，原产于西非和印度。

大自然果然是最美妙的艺术家，紫色搭配黄色有如画的效果。想起某年夏天穿的一条连衣裙，白底上紫色间黄色的花朵图案，人人都说好看。又某年冬天做过一套紫色织锦缎，缎子上织出深紫与鲜黄的梅兰竹菊图案，明艳得如同琉璃世界白雪红梅。所以晏小山也要"兰佩紫，菊簪黄"，明丽中带梦幻感的颜色搭配，可以暂时熨平沉郁人生的层层褶皱。

后来走到山茶园。这个季节园内看不到花。走了一会，忽然见到地下密密一层白色五瓣落花。抬起头，参天荷树上蓬蓬开着白色微黄的花。荷树又叫木荷，山茶科木荷属常绿乔木，树可长到二十多米。

荷树花有清淡微甜的香气，不时吧嗒落下。园子旁的长椅上，有情侣坐着喁喁低语。小径上异常安静。落花铺在石青的路面，简静中带着悠远的禅意。

风很好。

蝉声起，白兰香。

栀子花白。黄蝉花黄。

鸢尾

二〇一四年五月十三日

晚上在网上看到莫奈的《吉维尼花园里的鸢尾花》，画里的鸢尾花，有红色也有紫色，记起似乎拍过深红色的鸢尾花，在照片集里找了一下，果然有，去年五月拍的，忘记是在哪个地方了。鸢尾是五月花。深红色的鸢尾花，似乎比紫色的还要好看。莫奈的另一幅《日本桥》里，也有睡莲和红色鸢尾花。莫奈的色彩，总像一个新鲜生动的梦，里面可以听得见音乐声，他笔下的光影里，藏着自然所有最美好的秘密与律动。

宫崎骏的《龙猫》里，也出现过鸢尾，《龙猫》中出场的第一种花，就是大丛的黄鸢尾。后来还有紫色鸢尾，盛放得风姿嫣然。《龙猫》里的植物画得真漂亮啊。鸢尾，绣球花，蜀葵，向日葵，萱草，蒲公英，一年蓬，鸭跖草。看到鸭跖草的那一刻，鼻子都酸了。喜欢上宫崎骏，最初就是缘于《龙猫》里细腻精致的各类花草。

火树烧碧天

二〇一四年五月三十一日

端午节快到了。今年用蓝印花布做端午香囊，扇贝形，香料是白芷与公丁香，中药店买回来，自己捶碎了。公丁香香气浓郁，香囊做好挂在墙上，一屋子都是辛香。

中午去二沙岛，遇见整整一路开花的火焰树，树上仿佛挂着万千细巧的红灯笼。火焰树的花单看粗眉大眼不精致，簇生成花盘缀在绿叶间，明艳饱满润泽。天气正好，天蓝蓝，白云丰腴旖旎，绿树红花映衬碧空硕云，是明信片里热烈明朗的南国风情。南国红花艳色天下重，木棉，刺桐，凤凰树，火焰树，都是烧空欲燃的大红。夸父眼里的太阳，会如红花一样美吗？才引得他追赶不休。白花是月亮的美，红花是太阳的美。

凤凰木也在开花，初开，疏疏落落的红花。秀丽叶子像小梳子，梳细了饱含水汽的南风，也像凤凰尾羽轻轻颤动，仿佛百鸟就要飞来。临江大道有两棵并肩而立的凤凰木，艳色逼人，赛龙舟的鼓声从不远处“咚咚咚”传来。

大叶紫薇开得像紫色的烛。幻想手里握着光明与黑暗的遥控器，摁一下，阳光忽然隐身，只剩大叶紫薇的烛光，世界会忽然跌进一个幽魅的梦里吗？紫色是那样柔靡暧昧说不清的颜色。

黄槐、黄蝉、紫荆，狗牙花都在开。紫荆叶与花疏疏落落，枝犹纵横交错，在空中勾勒素描线条。回到华师，才知道东区水塘边那棵大鸡蛋花树已满枝繁花，捡了整整一袋落花，回家一朵朵放到清水盘里，供养案头。

如杭

二〇一四年六月十八日

到了杭州，才知道梅雨时节的江南绿比岭南绿深两个色号，是走气质路线的暗绿或苍绿。中午从萧山机场坐巴士进杭州城，一路红花与白花夹竹桃，紫薇初开，法国梧桐青翠挺拔。下巴士之后打的入西湖区，绿色渐渐浓稠起来，望得见许多垂柳。

住的酒店在玉皇山路，环境清幽，窗子外是酒店的花园，绿意如洗。下午好好睡了一觉。黄昏时漫步到柳浪闻莺，金丝桃颜色鲜亮，一大片萱草正开花，橙红色让上下呼应的稠绿一下分出层次。这次来杭州不仅赶上阴凉天气，还赶上了荷花玉兰的花期，硕大白花半藏在绿叶里，宛若玉雕。西湖边的暮色一点点罩下来，荷花玉兰的香气清幽地笼住人，凉风吹动柳枝，对岸灯火数点，那一刻，光阴异常矜贵。

杭州植物园，郭庄

二〇一四年六月十九日

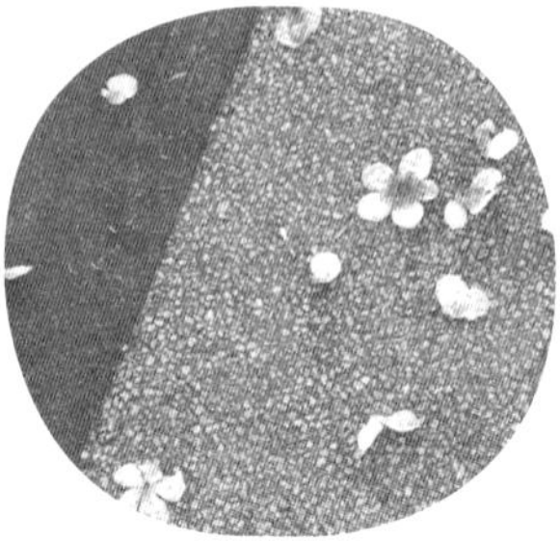

上午在植物园吸了半天氧。昨晚落过一场雨，蓊郁的水汽温柔地将我们摁在无边碧色里，斑鸠和布谷鸟的叫声互相唱和。

植物园很静，偶尔的萱草、金丝桃点破一统天下的绿。木兰山茶园内，荷花玉兰不动声色地散发幽香。荷花玉兰就是广玉兰，花洁白硕大。木兰科植物的花香都当得起一个“幽”字，潜气内转，余韵悠长。西湖边也长了许多荷花玉兰，这两日夜行湖堤，时有花气软媚沉幽地拂袂而来，像是《陆小凤传奇》里的花七公子忽然施展轻功从身边静静掠过。木兰山茶园荷花玉兰颇多，一只小松鼠从树上溜下来，又飞快地跳往树丛深处。

后来远远望见一抹深粉红，以为是夹竹桃，走近了才发觉是木槿。三株木槿品字形排列，开满了花。广州难得看到木槿，我走过去拍了许多照。这几株都是重瓣木槿，花瓣上犹沾满雨珠，风姿极盛。不过树梢一直盘旋着许多黑色大马蜂，一路看花一路小心翼翼，生怕被马蜂叮到。

惊喜是遇见枝叶生得很低且正开花的荷树。从来不晓得荷树可以生得这样低，广州的荷树动辄数丈高，每回都是看见地上的落花才知道荷树在开花。这里的荷树不过两三米高，象牙白的五瓣花静静散发甜香，地下一层落蕊。

下午到郭庄。庄内正在准备一个荷花展，缸荷品种繁多。有的丰艳如牡丹，有的红色极深，风神各异。郭庄亭台楼阁小巧秀丽，格局却稍嫌逼挤。转到回廊外，湖光天色撞入怀中，眼界忽地开阔起来。湖水、远山、长天是深深浅浅的青色，白云丰硕。坐在湖边品龙井，光阴淡远。时有游船经过，又渐渐远去了。

荷花、绣球花、江南滋味

二〇一四年六月十九日

今天到曲院风荷看荷花。

白色、粉色荷花开了小部分，荷香淡远。湖心有桥、有亭，庭畔莲叶田田。木槿长枝低低俯向水面，数朵红花分明。远近的绿树也好看，重重叠叠的翠色洗得视野碧清。

凌霄的枝条自山石垂下，绿意阴阴，橘色花像小喇叭。

走至滨湖密林区，绣球花出场。粉红，淡蓝，浅紫，柔白，玫紫，花团锦簇，像一幅天然的水粉画。绣球花又叫紫阳花、八仙花，据说花色随土壤酸碱度不同而变化，在酸性土中呈蓝色，碱性土中则呈粉红色。看见绣球花，就想到汪曾祺先生。汪先生写过一篇《绣球》，让我印象深刻。其中说到绣球在云南叫粉团花，云南民歌里用绣球花来形容长得好看的女孩。此喻真形象。绣球花粉嫩清秀，风里轻轻晃动，像极了妙龄女郎。

回酒店的路上有路边小贩在卖杨梅、樱桃与莲蓬。我们一样买了一些。回去洗了吃才发现，江南杨梅真好吃！饱满，极甜。在广州根本吃不到这么甜的杨梅。

晚餐就在酒店吃。点了油爆虾、莼菜羹、炸响铃、笋干毛豆子炒青椒。油爆虾和炸响铃很香，笋干毛豆子炒青椒吃起来像嚼山嚼雨。

烟雨西湖

二〇一四年六月二十二日

今天杭州依然下雨，雨时大时小，天气清凉。

昨天上午去了九溪烟树。因为雨大，长长的九溪十八涧几乎只有我与小熊两个。俞樾曾作叠字诗写九溪十八涧之景：“重重迭迭山，曲曲环环路，叮叮咚咚泉，高高下下树。”一路行来，泉水淙淙，眼前只剩两个颜色：高树的青碧与湿地的黄褐。雨雾中空气极佳，仿佛能感觉到碧绿透亮的氧气，清泉般流入肺泡。路边时有茶林，远山烟岚袅袅。

这两天一直在景区随意看风景。烟雨中的西湖清丽如水墨画，“云青青兮欲雨，水澹澹兮生烟”。远处青山一线，湖波浩渺，近处垂杨轻拂，莲叶清晰倒映水中，涟漪一圈圈有节奏地荡漾开来。比之晴日，更有诗韵。

下午雨停了。沿湖堤缓行，垂柳如诗，荷香淡淡。风很大，吹得衣袖鼓起来，穿一件长袖还有点凉。傍晚时西天忽然现出一抹亮橘色的轻霞，倒影在粼粼波光中，妩媚生动。想起徐小凤的歌《一脸红霞》，似乎很配合此时光景。这首歌旖旎缠绵，前奏便已极美。

连日来一直想为初夏的西湖写点什么，晚上填了一首《雨中花令》，还是第一次填这个词牌呢。

雨中花令·西湖初夏

小楫轻舟分水去。正几滴、黄昏疏雨。珠堕圆荷，香凝湿翠，冉冉凉生树。

暝色渐迷烟柳路。听一堤、蛙言虫诉。塔影添幽，湖风酿梦，梦入花深处。

荷香、蝉声与蛙鸣

二〇一四年六月二十八日

傍晚到天河公园散步。站在西门看了一会儿天际的云彩，黄昏的云，变幻着杏黄、橘粉与玫瑰紫，像水彩画。夏季的云最美。晴朗的白天，天很蓝时，阳光澄澈地洒下来，胖胖的大朵白云也好，视野开阔敞亮。这一阵子，很多朋友在微博、微信上晒清早或黄昏时拍的云霞照。记起在云南见过的天与云，天是非常纯净的湖蓝色，悠然绽放的白云总是那么近，仿佛触手可及，但当我伸出手，碰到的，却只是凉沁沁的风。

因为在建地铁，天河公园里很多地方围蔽起来了，人还是不少。一路上狗牙花与紫薇都在开。狗牙花叶子碧青，花雪白，盘曲的枝上花苞簇簇，让人想到白蛇与青蛇。走到莲塘时，停下来站了一阵，密密的碧叶里能看到几朵粉荷花，风吹来细细的荷香。

再往前走，有许多树，树下蝉声绵密，越发显出黄昏的宁静，让人觉得暑气和热闹真是一点点褪下来了，最后都变得沁凉。小时候的暑假，中午也能听到宏大的蝉声合唱。外公外婆都在凉席上睡午觉，我睡不着，蹑手蹑脚爬起来，偷偷开门出去。正午的阳光晃得人眼睛都睁不开，蝉声汹涌，益发衬托出周遭的静谧，李子树上，风哗哗地吹过。都是细碎亲昵的记忆。

晚上坐在床上看书，听见外面的蛙鸣，像一首诗，也像小夜曲。因为楼下有个花园，入夏后每夜都能听到蛙声。在星星和萤火虫都已消失不见的夏天，很感激还有蝉声和蛙鸣。

黄昏的紫薇

二〇一四年七月十三日

傍晚在家附近一个小花园看到两棵紫薇。是真正开紫花的紫薇。广州红薇多，七月八月望去一片深红浅红，这样纯正的浅紫色反而罕见。天光一点点暗下来，仿佛有许多原本被卷起的纱帘，一幅一幅放下，天宇随之一层一层幽暗。许多光点渐渐隐没，消失，紫薇的淡紫反而跳脱出来，比白天更干净空灵，神光离合，欲灭更明。

室生犀星在《造园的人》书里说，“到了红阳夕照时分，不论哪类庭园都很美丽”。他十分欣赏暮色里的庭园。也许天色将暗未暗时的一切，房屋，草木，人影，都有种恍兮惚兮的美感。紫薇繁艳，是故更宜黄昏看。阴阳交会时的光线让艳色更加澄净，如烛光一般闪烁动人。李商隐有一首《临发崇让宅紫薇》，写临别之际独自看秋日黄昏的紫薇，“一树浓姿独看来，秋庭暮雨类轻埃”，这一树紫薇该是略深的紫色，紫色正配李商隐。红与蓝的调和，暖与冷的交融，带着忧来无方的怅惘与幽伤。还必得是细雨，大雨则无法看花。尘埃般的细雨里，紫色忧郁朦胧，正是漂泊无定者的心情。

说到紫色，想起这几天在心岱博客看到一段话，说明代晚期，杭州出产一种绵胭脂，是先用“重受胭脂”将丝绵染上浓重的红色，再用“碧蝉蓝胭脂”去浸泅已经染红的丝绵（碧蝉即鸭跖草，碧蝉蓝是从鸭跖草中得到的蓝色），如此得出的胭脂，名为“夜色”。擦“夜色”胭脂，在当时应该是很时尚的妆容吧。浓红与碧蓝相遇，名字绮丽的“夜色”，应该是一种幽沉的深紫色。

鼓浪屿的凤凰木与蓝雪花

二〇一四年八月十七日

昨天到鼓浪屿，这两天与小熊在岛上漫无目的地慢慢走。

鼓浪屿的建筑很有特色，欧式美式日式中国古典式都可见到，且和谐地融为一体。下午时分走在人迹罕至的青石板路巷子里，老房子斑驳门墙上青藤环绕，斜阳正照深深巷，像一阕低沉悠远的钢琴小品。

在百鸟园看到艳丽的鹦鹉，全身都是炫目颜色：橘红，金黄，宝蓝，松绿。还有悠闲的绿孔雀，等了许久却没有开屏。

黄昏时到海边，行走在一个悠长的日落里。天阴下来，阳光时隐时现，天与海像一幅淡淡的水墨画。岸边簕杜鹃在青灰背景里显出暖融融的明媚。岛上遍植凤凰木，偶尔有一两棵开着零零星星的红花。老别墅旁边的鸡蛋花树姿态很美，捡了好几朵鸡蛋花。有大叶紫薇在开。在一个小花圃里看到几丛蓝雪花。蓝雪花特别上照，以前都是在照片里看到，格外清幽雅致的模样。这一片蓝雪花开得有些憔悴了，不如照片里的精致，但蓝色依然清凉幽丽。天色一点点暗下来，有水鸟以闪电般的身姿划过咸香的空气，向海面俯冲。是来填海的精卫吗？

两天里吃了海鲜，品尝了各色小吃：鱼丸，沙茶面，海蛎煎，叶氏麻糍，在赵小姐的店里吃了蜜柚馅饼和红豆馅饼。不敢吃土笋冻。很喜欢鱿鱼炒豆腐，吃了好几回。叮嘱炒的人多放辣，吃的时候烫着嘴，鲜美嫩滑，有孜然香气，绿的韭菜和红的胡萝卜丝搭配在里面也好看。还喜欢做成梅花形状的台湾梅花棒冰，吃了乌梅、桂花和芒果口味的，水果味和奶香味都很浓。

厦门大学，黄金急雨

二〇一四年八月十八日

上午从鼓浪屿坐船到厦门市区，船上人非常多。到酒店后安置好行李，在酒店吃了中餐，下午游厦门大学。

中午下起了大雨，正是亦舒说的“白色面筋似的大雨”。到了厦大，与小熊一人买了一件雨衣穿上。穿上雨衣再打伞，身上湿得没那么厉害，拍照也方便得多。厦大很漂亮，雨中依稀望到远山，米白、暗红、白墙红顶的建筑各有风格，整体印象却简净明洁。许多老建筑有琉璃顶，令人顿生时光倒流之感。校园嘉木丛生，在大雨中散发出强烈青鲜气味。古老榕树温柔地划出巨大的势力范围。惊喜是遇到一棵正在开花的黄金急雨。以前看到黄金急雨的树名，以为是指金黄色碎花飘落时如急雨，及至今天亲眼见到树才知道并非如此。枝上金黄色花序下垂如金步摇，满树花开时串串花序恰似一道道金色雨幕、雨帘，极其明丽浪漫，仿佛有许多故事正要发生。黄金急雨是泰国国花，又名阿勃勒、腊肠树、金链花。叫腊肠树，是因为荚果成熟后为褐色圆柱状，形似腊肠。还是黄金急雨最好听最形象。

依然随处可见凤凰木。可惜现在不是花期。有一座石青色琉璃顶的两层建筑，旁边长了一排高大的凤凰树，枝叶婆娑。碎叶被墙色映衬得更绿，风里颤动如鸟的尾羽，画面极怀旧。一栋学生公寓旁也是凤凰树，稀疏地开了几朵花，树枝婀娜地探向二楼阳台，楼上的人想必伸手便可触到花朵。一时很羡慕住在里面的学生。

晚上雨停了，在中山路上闲逛，吃了冰淇淋香菜花生卷，咸甜两种滋味水乳交融，花生碎和香菜都很香。今天另一个惊喜是晚餐，在中山路找到一家店吃麻辣干锅田鸡，香气扑鼻，量足，干锅的配菜是土豆片莴笋片莲藕片，莲藕莴笋香脆，土豆粉糯，连不爱吃辣的小熊也称赞不已。

万石植物园，簕杜鹃

二〇一四年八月二十一日

今天游万石植物园。每次旅行，事先都要查询好当地有无植物园，若有，便是必去点。

植物园很大，游人寥寥。我与小熊不坐电瓶车，一路慢慢走。爬山的时候，空气是淡绿色的，氧气充足。沙生植物区有极多品种的多肉植物，笨拙可爱，许多仙人掌仙人球都在开花。

一路都有种类繁多的朱槿花，明艳照眼。鸡蛋花树甜香扑鼻。

最大收获是见到了白色、橙黄色和藕荷色的簕杜鹃。在广州看过的都是深深浅浅的红与紫，白色簕杜鹃也见过，但没有见过这样大株的白色。白色簕杜鹃并不出众，毕竟簕杜鹃是靠色彩取胜的植物，白色簕杜鹃与其他颜色的簕杜鹃搭配在一起才适宜。橙黄色与玫红色簕杜鹃搭配在一起很好，衬托出橙黄的质感，是熟透的杏子的颜色。藕荷色最喜欢，阳光下有时偏于嫩粉，有时偏于淡紫，轻灵秀丽的一大片，与雨后光线作天真烂漫的嬉戏，让人错觉可以闻见带果子味的香气。要是在阳台种簕杜鹃，可以种一株藕荷一株正红。

因为爬了山，走了不少路，运动过后有很清新的愉悦。晚上在酒店吃了丰盛的海鲜。

琴叶珊瑚

二〇一四年九月七日

上午在临江大道拍了好些琴叶珊瑚的照片。琴叶珊瑚不好拍，这种纯正的大红色容易曝光过度，颜色失真，今天拍的几张色彩不错，红色饱满丰润，花苞像一粒粒红豆。

琴叶珊瑚是实诚到憨气的孩子，从暑到寒都老老实实盛开。漫长的存在让它失去存在感。花期短暂、一年一开的花树才让人稀罕，琴叶珊瑚像永恒存在的背景，很少有人会专门去看琴叶珊瑚吧。只有在夏天的时候，走在潮水般丰盛又单调的绿荫里，才会被这绮艳鲜润的红色忽地击中，微微一怔。

岭南许多花都心甘情愿做背景。黄槐，夹竹桃，黄蝉，簕杜鹃，一年大部分时节都开着花，人们习惯了它们的存在。兴致盎然去看的，是梅花、樱花、牡丹，宫粉紫荆，开过了就要再等一年，因此矜贵。要是某一天，背景花忽然消失了，我们会不会忽然记起它们的好，怅然若失甚至惊慌失措？

经历了人生的人，才能懂得背景花带来的笃定安宁的踏实感：你在这里？我也一直，在这里。

鸡冠花

二〇一四年十月十五日

下午上班时从一号楼大厅回六号楼，忽然发现台阶上的大花坛里种的全是鸡冠花，满满一坛，紫红色，开得很繁艳。

但是鸡冠花最好的造型，不是这样大片的密植。大的花坛，种一串红、矮牵牛、波斯菊或是非洲凤仙花都好看，鸡冠花却适宜寥寥几株，单独栽种。

喜欢鸡冠花的人应该很少。小时候在乡人庭院常看到鸡冠花，有时就生在垃圾堆旁，老气的几丛红色，很难为我所喜。我甚至觉得鸡冠花简直不像花，不知怎地，硬是挤进了花的行列。

大约是近几年，才渐渐看出鸡冠花的味道。最喜欢深红的那种，丝绒的质地，沉静从容又醒目的颜色，圆融笃实的美。李渔是喜欢鸡冠花的，他在《闲情偶寄》里写，象形的花很多，像绣球、玉簪、金钱、蝴蝶、剪春罗等等，但这些花模仿的都是尘世中的东西。形状似天上之物的，唯有鸡冠花，像一朵祥云。李渔批评当初为鸡冠花命名的人，“舍天上极美之物，而搜索人间。鸡冠虽肖，然而贱视花容矣”。他想将鸡冠花改名为“一朵云”，其中红、紫、黄、白、五色者分别叫“红云”“紫云”“黄云”“白云”“五色云”。李渔还写过一首绝句《收鸡冠花子》：“指甲搔花碎紫雯，虽非异卉也芳芬。时防撒却还珍惜，一粒明年一朵云。”看了李渔这篇文字再看鸡冠花，会觉得的确像云，也像古代云纹图案，但我还是觉得叫鸡冠花更适宜。

室生犀星也很喜欢鸡冠花，他在《造园的人》里说，园中草类，他最喜欢鸡冠花。“在竹林里或小竹丛后种两三棵鸡冠花，又或是在寂静的石头后边种一两棵，同那萎靡不振的石头相比，朴实的鸡冠花会显得红艳醒目，会更加让人有深秋之感。”相较而言，我更喜欢石头边种鸡冠花这样的搭配。室生犀星还写他在一位石匠家看到的、种在石头空当里的鸡冠花：“晚秋时节连降冷雨，鸡冠花颜色容易变暗，花穗下垂……我却特别偏爱此时的鸡冠花。”我能想象室生犀星笔下的气氛：深秋，冷雨，寂寂的庭园，鸡冠花幽暗地红着。那一点红，寂寥又厚实，是阴冷天地间一点烫人的暖意。

室生犀星觉得，花色繁多会破坏庭园的幽静氛围，因此还定下一条很有趣的规矩，“鸡冠花之外，其他花卉一概不种”。

我想起家楼下的小花园。也许可以收一些鸡冠花种子，撒到花园一角的泥土里去。

木芙蓉

二〇一四年十月二十三日

老师到湖南永州旅行，微信发来几张木芙蓉照，说终于领会到了“秋风万里芙蓉国”的意蕴。照片里的芙蓉花红红白白，圆柔秀媚，正是记忆里的姿态。

谭用之并不出名，但他这句“秋风万里芙蓉国”却很有名，湖南也因此被称为“芙蓉国”。全诗名为《秋宿湘江遇雨》，“秋风万里芙蓉国”下一句是“暮雨千家薜荔村”，薜荔是攀援藤本植物，乡野间处处可见。“万里”“千家”，气象极高远开阔。

木芙蓉与桂花，皆是潇湘的秋花，一有色，一有香。木芙蓉是我心里很美的一种花，花形温静雍容，开时满树红白相间，因木芙蓉一边开一边变色，初开白色，慢慢半红半白，最后整朵变为红色。老屋旁边曾经有一棵，种在橘子树旁边，开过很多年花，后来枯死了。此树最好看的是长在乡间野外，秋天很多树渐渐萧瑟，木芙蓉开在其间，尤显风姿妩媚。

粤地难得见到木芙蓉。岭南花繁，但一些从小常见的花这里反而看不到，我也因此患上了对好几种花的相思病，譬如春天的婆婆纳、红叶李，初夏的蔷薇，秋天的木芙蓉。这也可以算是“叹人间、美中不足今方信”的一种了吧。几年前深秋去九寨沟，中途在成都转机，停留了一两日，看了不少木芙蓉。成都木芙蓉也多，因此被称作“蓉城”，此处最早的木芙蓉是后蜀国主孟昶下令种植，绵延四十里，花开如锦。孟昶留下不少与花相关的故事，是因为花蕊夫人爱花，还是他本身就是个爱花的男人？

汪曾祺先生写过一篇《草木春秋》，其中写到浙江永嘉的木芙蓉。汪先生说，永嘉种那么多木芙蓉，最初是为了打草鞋。木芙蓉的树皮柔韧结实，剥下来撕成细条打草鞋，鞋子舒适且耐磨。这个原因，听起来有些煞风景。现在无人再穿草鞋，人们关注的，应该是芙蓉之美了吧。

黄花槐、异木棉、翠芦莉

二〇一四年十一月三日

即将立冬，岭南犹秋意正浓，黄花槐开到极盛，叶与花都饱满丰腴。

黄花槐全年都可开花，但其中有七八个月慵慵懒懒，似开非开，到了秋冬，忽地从混沌背景里跳脱出来，翡翠点金、金碧荧煌的豪华让人瞠目结舌。秋风过处，浓密如云的树冠细摇轻摆，活脱脱是“小山重叠金明灭”。此树黄昏时最耐看，绿色渐渐隐入暮色，浮光跃金的黄犹烛光般忽闪，像相思到极处，气若游丝、半明半灭的灵魂。

广州黄花槐多，这个时节出门，一路花枝招展。大院里也有几棵黄花槐，中午到饭堂吃饭，抬头即可看到满树金光。

华师的异木棉亦是芳菲一片。高校教师村附近几棵大树，花开如瀑，不巧旁边的楼房都是红色系的，若是近旁都是白色高楼，映着红花，一定更加鲜明。每年这个季节都要来看看这几棵开花的树，仿佛尘世里念兹在兹的重逢。异木棉的花事真是盛大啊。

下午路过二沙岛，发现好几处路边绿化带种的都是翠芦莉，开着蓝紫色忧郁的花。这两年广州不少地方的绿化带都换上了翠芦莉，大约因其花期极长，且纤柔秀丽。翠芦莉颜色比蓝花楹更要幽深，最初经常在华南植物园的水生植物区看到，水边的紫花风致楚楚，似“绝代有佳人，幽居在空谷”。长在路边，似乎有点委屈了佳人，西风里倒是依然有“天寒翠袖薄，日暮倚修竹”的韵致。还有一种开粉花的翠芦莉，第一次看到也是在二沙岛，淡淡的水红色，少女般粉嫩。

立冬以前

二〇一四年十一月四日

白兰又开了，这几天走在路上，常常闻到清甜的香气，像一缕柔韧的游丝，悄悄绾住人的脚步。查了一下《中国木兰》，里面说白兰的花期是四到九月，现在看来在温暖的南方花期其实更长。昨天午后站在小区那棵大白兰树下仰头细看，果然看到绿叶丛里有白花，花开得零散，大不如五六月时繁盛，但已足够布置出一个小小的香阵。后来天向晚时站在树下发短信，夜风里花香袅袅，在爽恬的秋气里格外雅澹温柔，像一种安然的，没有侵略性的记忆。

家附近的露天停车场旁青葙生得很密，且都开了花，紫烛一样的穗状花序其实是很好看的。青葙是苋科植物的一种，种子青葙子是一味明目清肝的中药。《花镜》里说青葙“穗长四五寸，形如兔尾，水红色，亦有黄、白色者”。我看到的青葙花穗都是浅紫色的。前天中午与同事出去吃饭，回来路上经过某一处，路边长了一大片五爪金龙，开了数不清的紫红色花，简直筑成了一道花墙。五爪金龙的生长力极强，在荒地上可以很快蔓延成一大片，漏斗状的花也有些看头，却是一种园林害草。以前在华师某条小路边的围墙上也看到一大片，不知究竟是园林绿化人员特意在此建一堵花墙，还是因为疏于管理自己长出的荒草。心里不得不承认，有时候荒草废墟恰恰是最好的风景，因为它总是指向心中那个有些荒寒又隐秘可亲的角落。

夜里躺在床上，听到窗外的风声。刚刚撤了凉席，拥着秋被时有安稳妥帖的宁静与物候变化时特有的欣喜。白天站在阳台上，有时也会忽然起一阵风，花园里密密的绿树摇漾起伏着，勾勒出秋风的颜色与形状。广州的秋季与初冬，最好的大约就是这样的风与明净的阳光了。我是个痴傻的人，年年入秋初凉之后，因为阳光会变得格外纯净闪耀，中午从办公室走回家后便舍不得睡觉，生怕辜负了这样好的秋阳，有时坐在窗台上看着紫荆树发呆，有时在书房开了电脑听音乐，风把窗帘拂得起起伏伏。因为没有午睡，下午三四点时在办公室便感觉到倦意，心里有隐隐的后悔。可是第二天中午走在矿泉水一样的阳光里时，依旧不愿去睡。

沙湾古镇的花

二〇一四年十一月十五日

九点多出发，与几个朋友一起去番禺沙湾古镇。沙湾古镇以前去过，难得的清静，午后斜阳照进深深巷子时，光线气氛像周梦蝶的某一首诗。

今天游人依旧很少，猫在巷口懒洋洋打盹。古镇始建于宋代，祠堂、茶楼、会馆、民居皆有可看之处。镇上的桂花开得正好，细碎黄花累累坠坠，有些屋子旁边，花基上密密一排都是桂树！我们一路被花气熏得趔趔趄趄。广州桂花冬春两季开得最好，这一阵子到哪里都能嗅到暖融融的桂花香。

琴叶珊瑚、波斯菊都在开。洋紫荆玫红的花映着青砖墙壁。有个巷口有一棵极大的羊蹄甲，满树粉婷婷白里透出淡红的花，树下有石桌石椅。几个游人站在树下，叽叽喳喳讨论这是一株什么树。羊蹄甲的花果然与春天开的宫粉羊蹄甲和白花羊蹄甲很像，但是花瓣要细瘦一些，远不及宫粉羊蹄甲和白花羊蹄甲圆润饱满。半个月前在二沙岛，也见过一棵开白花的羊蹄甲。

小然拉我过去认几棵“深紫色的花”，走近了，是几丛巴西野牡丹。巴西野牡丹不甘平庸，心气极高，牵牵绊绊的低矮小灌木，开的花偏偏要走华贵路线。紫色完美地成就灌木的雍容，新开的花深紫色，开了一段时间转为紫红，两种浓墨重彩的颜色相互映照，再配上白色卷曲的花蕊，宝钗斜亸，华美沉艳如皇后头面。巴西野牡丹通常都不高，但我也见过长得如小树的，开花的时候紫光闪烁，珠玉纷呈。

休憩的时候自然品尝了有名的沙湾小吃。要了姜埋奶、糯米糍、马蹄糕、红豆糕。姜埋奶以姜汁与水牛奶制成，辛香嫩滑。糕点里最爱糯米糍，做得细巧，一只也不过一口，像一个软糯香甜绵长的湿吻。

山茶初开

二〇一四年十一月二十九日

下午忽然想去看看植物园的山茶花，现在该是刚开了一点点。到山茶园时已近四点。花果然不多，开得颇盛的是白花油茶，和另一种不知名的胭脂红茶花。两种都香气幽甜，让人闻了想吃糖果。茶花园人很少，与小熊一边看花一边慢慢走着，时光静谧。冬阳斜斜穿进茶园，线形金光一落到红茶花上便晕开了，光与影在丝绒般的花瓣上作暖色调的、温艳的嬉戏，油画般的质感。

走至一半，一个五十岁上下的女人问我们是否知道金花茶种在哪里，大约是慕名而来。我凭借记忆为她指了路。后来忽然想起，这个时节金花茶一定还没开，她要失望而归了。看金花茶要等到春节前后。

高大的白花油茶基本都长在靠路边的地方，白花黄蕊很是鲜明，落花历历。一对年轻情侣饶有兴趣地对着花树拍照。

从植物园出来直接开车去红专厂创意园“榕意”餐馆吃饭。这家吃的是新派川菜，装修很清爽。我们点了三个菜，外加蓝莓山药甜品。水煮田鸡几乎是我一个人吃光了，小熊怕辣，不太敢下筷子。腊味口蘑很香，蓝莓山药酸酸甜甜，冰凉可口。

晚上小熊在书房上网，我进卧室听南音。这张南音碟是《粤韵清音：广府说唱文学》的作者钟哲平师姐送我的，里面收录了招锦成、润心师娘、银娇师娘等人演唱的龙舟、南音和粤讴，全部来自早年电台录音，是极珍稀的资料。听南音宜在夜间，熄灯掩门，黑暗里一个字一个字细细咂摸。最喜欢润心师娘演唱的《叹五更》：“四更明月过雕栏，人在花前怨影单。相思最是令人怕，薄情一去再逢难。”这样缠绵入骨的情思，竟可以不动声色冷冷道来。润心的声线沙哑苦涩，听得人忍不住想清嗓子，或是亲手为她炖一帖川贝生梨。南音的好处，正在于平直单调逼出的纯粹与空灵。愈枯淡愈深情，愈不动容愈勾魂摄魄。正如姜夔的“人间别久不成悲”，平静乃至冷淡的背后，深藏的，却是动荡起伏的缱绻凄清。

紫荆红雨

二〇一四年十二月十四日

天终于干净笃定地冷下来了，洋紫荆的玫红在深寒里添了苍郁的意味。冻得微微凝滞的空气里，做任何事节奏似乎都慢了下来。岭南的寒意真宝贵啊。

有紫荆树的地方，到处都是一地落红。风一起，花飞花落如红雨。

去年这个时候，写过一首《临江仙·紫荆花雨》：

馨雨漫天翻似醉，斜枝半掩晴空。冬阳人意两朦胧。眼中迷蝶梦，袖底落花风。

望尽绯烟情寂寂，新愁又上眉峰。飘英替我思无穷。殷红千点泪，洒遍碧江东。

这样快又是一年。洋紫荆一样盛开，一样纷飞。但总有一些什么东西，是不一样了。